**Ludwig Choulant**

# Die Anfänge wissenschaftlicher Naturgeschichte und naturhistorischer Abbildung im christlichen Abendlande

Anatiposi

Ludwig Choulant

# Die Anfänge wissenschaftlicher Naturgeschichte und naturhistorischer Abbildung im christlichen Abendlande

Unveränderter Nachdruck der Originalausgabe von 1856.

1. Auflage 2023   |   ISBN: 978-3-38201-722-4

Anatiposi Verlag ist ein Imprint der Outlook Verlagsgesellschaft mbH.

Verlag: Outlook Verlag GmbH, Zeilweg 44, 60439 Frankfurt, Deutschland
Vertretungsberechtigt: E. Roepke, Zeilweg 44, 60439 Frankfurt, Deutschland
Druck: Books on Demand GmbH, In de Tarpen 42, 22848 Norderstedt, Deutschland

Ihrem

## hochverdienten Collegen

dem Herrn

# D. ERNST AUGUST PECH

**Ritter des Königl. Sächs. Verdienstordens,**
K. S. Hofrathe, Professor der Chirurgie und Director der chirurgischen Klinik an der Königl. chirurgisch-medicinischen Akademie,
Mitgliede der medicinischen Prüfungs- und Berathungsbehörde, Oberarzte an der Königl. Militär-Bildungsanstalt

widmen

## zur Feier erfüllter funfzig im Staatsdienste vollbrachter Jahre

## diese Denkschrift

als Gedächtniss ihrer gemeinsamen Wirksamkeit

und

als Ausdruck ihrer Verehrung

## die Professoren

der chirurgisch-medicinischen Akademie.

**Am XXV. September MDCCCLVI.**

*Ampliat aetatis spatium sibi vir bonus, hoc est*
*Vivere bis, vita posse priore frui.*

Martial. X. 23.

Mit dem heutigen Tage ist das funfzigste Jahr Ihrer ver-
dienstlichen Wirksamkeit als Arzt der Königl. Sächs. Armée
vollendet und eben so lang zählt das Vaterland Sie unter seine
treuesten Diener; ein nicht viel minderer Zeitraum hat sich
erfüllt, seit Sie nach Allerhöchster Entschliessung wie früher
dem Collegium medico-chirurgicum, so später der aus demselben
hervorgegangenen chirurgisch-medicinischen Akademie Ihre
Thätigkeit als Lehrer widmeten. Tausende sind es, die Ihrer
Einsicht als Arzt und Operateur Gesundheit und Leben danken
und Ihr Andenken für immer segnen; ein grosser Theil der
Sächsischen Civil- und Militärärzte dankt Ihnen den Unterricht
in einem wesentlichen Theile ihrer Ausbildung und verbreitet in
einem Kreise Segen, wie Sie Selbst in Ihrem ärztlichen Wirkungs-
kreise verbreitet haben; zahlreiche Freunde, die Ihr Herz erwarb,
begrüssen freudig den heutigen Ehrentag, den Gott Sie in un-
geschwächter Rüstigkeit hat antreten lassen. Uns aber, die wir
theils längere, theils kürzere Zeit Ihr Wirken in nächster Nähe
sahen, die wir zu verwandten Dienstleistungen an derselben
Anstalt mit Ihnen verbunden sind, die wir Ihren warmen Eifer

*für diese Anstalt, Ihr unablässiges Streben, tüchtige Aerzte und Wundärzte aus ihr hervorgehen zu lassen, stets zu verehren hatten, uns kommt es vor Allen zu, diesen Tag festlich zu feiern und unsere Glückwünsche Ihnen freudig aus aufrichtigem Herzen darzubringen. Möge Ihnen der Himmel noch lange einen heitern Lebensabend schenken! Begleitet Sie ja doch in denselben ein wohlthuender Rückblick auf eine segensreiche Wirksamkeit und die ungetheilteste Anerkennung; möge aber auch uns die collegialische und wohlwollende Gesinnung von Ihnen erhalten werden, welche Sie uns immer geschenkt haben.*

*Dresden, am 25. September 1856.*

Die Professoren der chirurgisch-medicinischen Akademie

L. Choulant. — H. G. L. Reichenbach. — M. L. Löwe. — A. F. Günther. — W. L. Grenser. — C. A. Pieschel. — P. M. Merbach. — W. Stein. — G. C. Haubner. — F. A. Zenker.

# Die Anfänge

## wissenschaftlicher Naturgeschichte und naturhistorischer Abbildung

im

## christlichen Abendlande.

Von

**D. Ludwig Choulant.**

Dresden 1856.

Das erste Aufkeimen der Naturgeschichte und insbesondere der Botanik im Mitt alter ging im christlichen Abendlande theils von den ärztlichen Schulen, theils von d Aristotelischen Philosophie aus und zwar die Botanik mehr von jenen, die allgeme Naturgeschichte mehr von dieser. Von der Naturbetrachtung unmittelbar zu der wisse schaftlichen Anschauung der Natur geführt zu werden, lag nicht im Geiste des Mittelalte in welchem alles Wissen theils einen unmittelbar praktischen Zweck hatte, wie kirchlic und rechtliche Satzung, Heilkunst u. a., theils der speculativen dialektischen Philosop des Uebersinnlichen angehörte. Was diese von Naturbeschauung aufnahm, waren allgeme Betrachtungen über die am wenigsten erforschbaren Seiten der Natur, über den Stoff u sein Verhältniss zum Geist und zur Entfaltung der Körperwelt, über das Weltgebäude u über meteorische Erscheinung. Die Betrachtung der organischen Reiche blieb ihr fern.

Was die ärztlichen Schulen anlangt, so konnten sie die Naturwissenschaften nur einer zweifachen Richtung fördern, theils durch die anatomisch-physiologische Betrachtu des Menschenkörpers, theils durch die genauere Untersuchung der Arzneimittel. In beid Beziehungen geschah nur wenig, denn Anatomie kam erst im XIV. Jahrhunderte zu eige Untersuchung und begnügte bis dahin sich mit älteren Traditionen, und in der Physiolo war die Herrschaft Galenischer Ansichten so fest gegründet, dass schon deshalb und Mangel anatomischer Kenntniss die eigene Untersuchung sich ausschloss; in der Arzn mittellehre aber begnügte man sich mit Kenntniss der Heilwirkungen ohne eigentlich nat historische Betrachtung.

Die wichtigste Lehranstalt für Medicin im christlichen Mittelalter, die Schule v Salerno, von unbekannten Zeiten her, und wenigstens bereits im IX. Jahrhundert, Arzneikunst im Hippokratischen Sinne pflegend war überhaupt nicht geeignet, die theo tischen Doctrinen der Arzneikunst zu fördern, so hoch auch ihr Verdienst für praktis und namentlich für Hippokratische Medicin angeschlagen werden muss. Für Anatomie Menschen ist in dieser Schule nichts geleistet worden, trotz der von Kaiser Friedrich regelmässig angeordneten Leichenöffnungen. Für Arzneimittellehre allerdings viel, a nicht vor dem XII. Jahrhunderte. Denn in den früheren Zeiten war die Schule durch nicht mittelsüchtig, ihre Hauptrichtung war eine diätetische und daher kam sie für i Arzneimittellehre mit wenigen Kräutern aus, theils einheimischen, theils ausländischen, Verabreichung war einfach, von zusammengesetzten Arzneien hielt man wenig.

Mit Bestimmtheit zeigen uns dies zwei Lehrgedichte, ein pharmakologisches aus dem X. und ein diätetisches aus dem XII. Jahrhunderte.

Das erstere ist *Macer Floridus de virtutibus herbarum* (zuerst Neapoli 1477. 4., zuletzt Lipsiae 1832. 8.), ein Gedicht in 2269 Hexametern, welches 65 einheimische und 12 ausländische Pflanzen (*Species* genannt) als den ganzen Arzneischatz jener Zeit in 77 Capiteln abhandelt; dieses Gedicht ging zwar nicht unmittelbar aus der Salernitanischen Schule selbst hervor, sondern scheint aus Frankreich zu stammen, es ist aber ganz in dem Geiste von Salerno verfasst, übrigens meist aus Dioskorides und Plinius geschöpft. (Vgl. des Vfs. Handbuch der Bücherkunde für die ältere Medicin, 2. Aufl. Leipzig 1841. 8. S. 233 fg.)

Das zweite ist das bekannte *Regimen sanitatis Salernitanum* (zuerst S. l. e. a. 4., zuletzt Salerni 1789. 8.) in leoninischen Versen, von welchen nur die 364 von Arnoldus de Villanova commentirten für echt gehalten zu werden pflegen, die aber in manchen Ausgaben bis in das zweite Tausend steigen. Dieses Gedicht umfasst die gesammte Diätetik in enger Verbindung mit der Heilkunst und ist durchaus in volksverständlicher Weise gehalten, ausdrücklich für den Nichtarzt bestimmt und behandelt nächst den Speisen und Getränken und der Lebensweise überhaupt nur eine kleine Anzahl eigentlicher Arzneimittel für den Hausgebrauch; wir besitzen es nicht so, wie es aus den Händen der Schule hervorging, sondern vielfach geändert, gemehrt und gemindert. (Bücherkunde S. 264 fg.)

Anders wurde es in Salerno als durch den vielgereisten CONSTANTINUS AFRICANUS aus Karthago († zu Monte Cassino 1087) und insbesondere in den Zeiten nach ihm a r a b i s c h e Medicin sich dahin verbreitete und bald das Uebergewicht über die Hippokratische Medicin erhielt; jetzt erst suchte man das Heil der Heilkunst in den Arzneimitteln, während man es früher in naturgemässer Auffassung des Krankheitsverlaufes und des im Geiste des Arztes daraus von selbst hervortretenden Heilbedarfes erkannte. Die nächste Folge war die Vermehrung der einfachen und die Vorliebe für die jetzt erst eingeführten zusammengesetzten Arzneien. Man schuf eine Pharmacie, die man bis dahin wenig gekannt hatte, und gleich auch, arabische Sitte nachahmend, eine Pharmakopoe; letztere ist des NICOLAUS PRÄPOSITUS *Antidotarium* aus dem Anfange des XII. Jahrhunderts, verfasst von einem Vorstande des ärztlichen Collegium zu Salerno, wahrscheinlich unter gemeinschaftlicher Berathung mit diesem. Es enthält keine Simplicien, aber 150 officinelle Compositionen und blieb lange als gesetzliches Dispensatorium in unbestrittenem Ansehen; es wurde mehrfach glossirt, ja die Glossen des MATTHÄUS PLATEARIUS, eines Salernitanischen Arztes aus der zweiten Hälfte des XII. Jahrhunderts so hoch geschätzt, dass GILLES DE CORBEIL *(Aegidius Corboliensis)*, der Leibarzt bei König Philipp August von Frankreich, sie im Anfange des XIII. Jahrhunderts in lateinischen Hexametern zu einem gar nicht schlechten Gedichte verarbeitete, das wir noch besitzen und das für die Geschichte der Salernitanischen Schule höchst wichtig ist. (*Aegidii Corboliensis carmina medica. Lips.* 1826. 8.; vgl. Bücherkunde S. 282, 291, 318.)

Mit dem Erscheinen des gedachten Antidotarium, welches den meisten lateinischen Ausgaben des Mesue beigedruckt ist (so *Opp. Mesues. Venet.* 1562. fol.), war das Uebergewicht der zusammengesetzten Arzneien über die einfachen in Salerno festgestellt und behauptete sich unverrückt bis in spätere Zeiten.

Für den Arzneischatz der Simplicien, deren frühere geringe Zahl jetzt theils wegen der vorwaltend arabischen Richtung der ärztlichen Anschauungsweise, theils wegen der vielfach zusammengesetzten Arzneiformeln des Antidotarium oder Dispensatorium nicht mehr genügte, ging aus der Salernitanischen Schule ein umfassendes und für lange Zeit wichtiges Werk hervor: des schon genannten MATTHÄUS PLATEARIUS *Liber de simplici medicina*, das nach seinen Anfangsworten *Circa instans negotium de simplicibus medicinis nostrum versatur propositum*, gewöhnlich nur *Liber circa instans* genannt wird, verfasst in der zweiten Hälfte des XII. Jahrhunderts; es giebt in alphabetischer Ordnung die Beschreibung, Wirkung und Anwendung von 273 einfachen, meist vegetabilischen, Droguen, unter welchen aber auch einige animalische und mineralische vorkommen. Ausser Dioskorides und Galen werden ältere Salernitanische Aerzte und Constantinus Africanus citirt, so dass der arabische Einfluss allerdings schon merklich wird, aber noch nicht sehr bedeutend hervortritt. (Bücherkunde S. 297 fg.)

Hiermit war denn schon in der zweiten Hälfte und am Ende des XII. Jahrhunderts ein Schatz medicinisch-naturwissenschaftlicher Kenntnisse und namentlich pharmakologischer Erfahrungen über Pflanzen vorhanden, weniger jedoch auf Beschreibungen der Pflanzen als auf ihre Heilwirkungen bedacht, auch weniger auf Naturbeobachtung als auf älteren Nachrichten und Traditionen, theils des Volkes, theils der Salernitanischen Schule ruhend und allein für heilkundige Zwecke bestimmt. Hauptquellen sind immer Plinius, Dioskorides, Galen, aber auch ältere Salernitanische Aerzte und die durch Constantinus Africanus übersetzten und bekannt gemachten arabischen Schriften.

Mit dem XIII. Jahrhunderte, einem bedeutenden Wendepuncte für Wissenschaft und Kunst im Mittelalter, trat die Aristotelische Philosophie in ihre vollste Wirksamkeit und Herrschaft über Wissen, Glauben, Kunst und Leben. Wie aber der Stagirite selbst alle Fächer menschlichen Wissens nach seiner Geistesrichtung bearbeitet und in den Naturwissenschaften, insbesondere in der Naturgeschichte der organischen Reiche, auf eigene Untersuchung der Naturkörper die Kenntniss von der Natur gegründet hatte und für immer gegründet wissen wollte, so war im Mittelalter der nächste Erfolg Aristotelischer freilich nur durch arabische Hand überkommener Philosophie theils eine encyklopädische Richtung des Wissens überhaupt, theils ein Hereinziehen naturwissenschaftlicher Kenntnisse und Erfahrungen in den Kreis desselben.

Indem die Herrschaft der Aristotelischen Philosophie ihrem universellen Charakter nach alles damalige Wissen umfasste: Theologisches, Moralisches, Historisches, Politisches und Naturwissenschaftliches, so mussten, diesem encyklopädischen Charakter des damaligen Wissens gemäss, auch die Unterrichtsanstalten encyklopädisch, d. h. sie mussten allgemeine werden, es hörten daher bald die Specialschulen für einzelne Fächer (wie bisher Paris für Theologie, Bologna für Jurisprudenz, Salerno für Medicin gewesen waren) auf und es entstanden die allgemeineren Lehranstalten (*Studia universalia*, Universitäten) für alle Fächer gemeinschaftlich, so Padua und Neapel als solche bereits im ersten Viertheil des XIII. Jahrhunderts. Die schriftstellerische Thätigkeit musste nun ebenfalls eine encyklopädische werden, wozu allerdings die Schwierigkeit, damals Bücher zu besitzen und der Wunsch, in einem theuer erkauften Buche möglichst viel beisammen zu haben, das Ihrige beitrugen. Hierzu fehlte es nicht an älteren encyklopädischen Vorbildern, wie Plinius, Isidor von Sevilla und der jüngere Michael Psellos.

So entstand, neben andern zum Theil verlorenen Arbeiten dieser Art, die umfangreichste und umfassendste Encyklopädie des Mittelalters: der Dominicaner VINCENZ VON BEAUVAIS (*Vincentius Bellovacensis* † 12⁹⁴⁄₁), Erzieher der Kinder Ludwigs IX. von Frankreich, schrieb sein *Speculum maius*, getheilt in das *Speculum naturale* von 33, des *Spec. doctrinale* von 18, des *Spec. historiale* von 32 Büchern, wozu viel später noch von fremder Hand als Ergänzung das *Spec. morale* kam. Das ganze weitschichtige Werk, das nach des Verfassers eigenen Worten *quidquid fere speculatione item admiratione vel imitatione dignum est ex his, quae in mundo visibili et invisibili ab initio usque ad finem facta vel dicta sunt, sive etiam adhuc futura sunt*, geben sollte, wurde mit Hülfe vieler Ordensbrüder zu Stande gebracht. (S. l. 1473. f., 7 Bde.; *Duaci* 1624. f., 3 Bde.; vgl. auch historisch-literarisches Jahrbuch für die deutsche Medicin, 3. Jahrg. 1840; S. 117 fg.)

Viel beschränkter, kürzer behandelt und die historischen und speculativen Wissenschaften weniger berührend ist des angeblich aus dem Geschlechte der Grafen von Suffolk stammenden Englischen Minoriten BARTHOLOMÄUS DE GLANVILLA (*Barthol. Anglicus*, um 1340) Werk *de proprietatibus rerum* in 19 Büchern, welches von Gott und den Engeln anhebt, Naturwissenschaften, Naturgeschichte, Diätetik und Geographie abhandelt und endlich bis zu Maass und Gewicht und bis zu den musikalischen Instrumenten herabsteigt, ins Englische, Französische, Holländische und Spanische übersetzt und im XV. und XVI. Jahrhunderte vielfach gedruckt wurde. Abbildungen gehören so wenig zu dieser als zur Encyklopädie des Vincentius, obwohl einigen Englischen, Französischen und Holländischen Uebersetzungen des Glanvilla deren beigegeben sind, mehr zur Verzierung als zur Belehrung. (Ebert bibliogr. Lexik. n. 8591 — 97.)

Indem andererseits die Aristotelische Philosophie die Naturwissenschaften als nothwendigen Bestandtheil des gelehrten Wissens angesehen wissen wollte und zwar sich nicht mit blos theoretischer Betrachtung über das Weltgebäude, über die Materie und derlei schwere, zum grössten Theil unlösbare Probleme in dialektischer Weise begnügte, sondern auf eigene Beobachtung in allen Naturreichen drang, gründete sie die beschreibende Naturwissenschaft, insbesondere die Naturgeschichte, und zwar vom rein beschaulichen, philosophischen Standpuncte aus, theoretisch ohne praktischen Zweck, da in den medicinischen Schulen nur die Heilwirkungen der Naturkörper und weder ihre Anordnung noch ihre genauere Betrachtung beachtet wurde.

Zu dieser Aufnahme der Naturwissenschaft in den Kreis der speculativen Philosophie und dadurch gegebenen Begründung wissenschaftlicher Naturgeschichte trug wesentlich bei, dass einer der frühesten und thätigsten Anhänger der Aristotelischen Philosophie, der Generalvicar der Dominicaner und eine Zeit lang Bischoff von Regensburg, ALBERTUS MAGNUS, Graf von Bollstädt (geb. zu Lauingen an der Donau zwischen 1193 und 1205, gest. zu Cöln 1280), das ganze Reich des Wissens in diesem Sinne bearbeitete, zunächst

zwar die Theologie, Moral und Philosophie, aber auch, an die einzelnen naturkundig
Werke des Aristoteles streng sich anschliessend, die gesammten Naturwissenschaften. Me
für unstetes Wandern und für Wirksamkeit nach Aussen geschaffen, als für das sti
Klosterleben, war er fast immer auf Missionen und Reisen und hierbei wenigstens für
Pflanzen- und Thierwelt ein selbstständiger Beobachter. So vereinigte Albertus Magn
in sich allein die beiden bereits angedeuteten Hauptrichtungen der Philosophie seiner Ze
denn, ohne es zu wollen, schuf er durch seine vielfachen Schriften mannigfaltigsten Inha
eine wahre Encyklopädie des damaligen Wissens und, ohne durch praktische Zwecke da
veranlasst zu sein, begründete er in der That die wissenschaftliche Kenntniss der organisch
Reiche (*Opp. ed. Petr. Jammy, Lugd.* 1651. f., 21 Bde.). Ueber dessen Leistungen in
Pflanzenkunde s. Ernst Meyer in Schlechtendal's Linnäa, Bd. X. S. 641 fg., Bd.
S. 544 fg.; über dessen Arbeiten zur Thiergeschichte *J. G. Buhle de fontibus unde M
M. libris suis de animalibus materiam hauserit, in Comment. societ. Gotting.* Vol. XII.; ü
die Bedeutung des Alb. M. für die Naturwissenschaften überhaupt L. Choulant in He
schel's Janus, ältere Folge Bd. I. S. 127 f.

Schon bestimmter auf die Abfassung einer Encyklopädie der Naturwissenschaft a
gehend erscheint sein Schüler Thomas, Canonicus zu Cantimpré (*Thomas Cantipratens
geb. zu Leeuw St. Peter bei Brüssel 1186, gest. 1263), später Dominicaner und Profess
in Löwen, mit seinem Werke *de rerum natura* in 20 Büchern, das er in den Jahr
1230—1244 zusammentrug, das aber bis jetzt noch ungedruckt ist und der Encyklopä
des Vincentius Bellovacensis zu Grunde liegen soll. Wir besitzen davon eine deutsc
Bearbeitung in des Cunrat von Megenberg Buch der Natur, verfasst i. J. 1349 u
zu Ende des XV. Jahrhunderts mehrfach gedruckt, so Augsburg 1475. f. etc. S.
weiter unten S. 19 fg. gegebene ausführliche Beschreibung desselben.

In dieser Weise war die Begründung der Naturgeschichte bereits in der Mitte
XIV. Jahrhunderts vollendet, allerdings zunächst nur in encyklopädischer Bearbeitung a
ältere Nachrichten und auf Erfahrung der Gegenwart fussend, aber doch schon mit lieb
voller Beachtung der Einzelheiten und eben dadurch auf selbstständige Untersuchung h
gewiesen. Zugleich gingen diese Bearbeitungen der Naturgeschichte in ihrer Art auf ei
gewisse Vollständigkeit aus, nicht blos, wie es bei Plinius der Fall ist, auf das Nützlic
und Wunderbare, und bahnten hierdurch der einzig richtigen Ansicht den Weg, dass a
Naturkörper gleichmässig um ihrer selbst willen zu betrachten seien. Die gleiche würdi
Ansicht geht aus dem Umstande hervor, dass sie um der Naturkenntniss selbst willen unte
nommen wurden, ohne bestimmten praktischen Zweck. Weiteres führte sich in Folge
Dilettantismus und des praktischen Bedürfnisses aus, wozu später die Berichte auswär
Reisender hinzukamen.

So erscheint, um des Dilettantismus zunächst zu gedenken, sehr früh schon, al
allerdings bereits unter der Aristotelischen Herrschaft, des grossen Hohenstaufen Kais
Friedrich II. († zu Firenzuola 1250) Werk über die Falknerei: *de arte venandi c
avibus* mit selbstständigen naturhistorischen, zootomischen und physiologischen Untersuchung
*(Aug. Vind.* 1596. 8., *Lips., edid. Jo. Glo. Schneider,* 1788, 89. 4.) des schon genannt
Thomas Cantipratensis Werk über die Bienen, *de proprietatibus apum,* zwar me

symbolisirend theologisch-moralisch, aber doch mit guter Kenntniss der Sache selbst (*S. l. e. a. f.*, holländisch *Swolle* 1488 f.).

Von den hieher gehörigen Reisewerken, welche für die Naturwissenschaften allerdings erst im XVI. Jahrhunderte Bedeutung erhielten, sei nur der am Ende des XV. Jahrhunderts häufig werdenden Reisen nach dem gelobten Lande, namentlich nach Jerusalem und dem heiligen Grabe gedacht, von welchen wir nur dem wichtigsten Reiseberichte, dem des Kämmerers Bernhard von Breydenbach (in den Jahren 1483—1485) eine ausführliche Betrachtung gewidmet haben, s. unten S. 40 fg.

Was das praktische Bedürfniss anlangt, so war es Landwirthschaft und Heilkunst, welche zunächst den Naturwissenschaften förderlich sein mussten, wobei aber nothwendig der rein wissenschaftliche Zweck dem der Nützlichkeit sich unterzuordnen hatte.

Ueber die erstere besitzen wir des Bologneser Rathsherrn Petrus de Crescentiis Werk über die Landwirthschaft in 12 Büchern: *Liber ruralium commodorum*, zwischen 1302 und 1309 verfasst, mit Beschreibung der landwirthschaftlichen Pflanzen und Thiere, so wie der zur Jagd, zum Fischfang und zum Weinbau gehörigen, übersetzt ins Italienische, Französische, Englische und Deutsche, in diesen Sprachen und lateinisch mehrfach zu Ende des XV. und im XVI. Jahrhunderte gedruckt. S. die weiter unten S. 36 fg. gegebene ausführliche Beschreibung desselben.

Die medicinischen Schulen, welche bisher von den Naturgegenständen nur in Beziehung auf ihre Heilwirkung und den Gebrauch derselben bei Krankheiten Kenntniss genommen hatten, konnten der von der Philosophie ausgegangenen encyklopädischen und observativ-scientifischen Bearbeitung der Naturgeschichte nicht ganz fremd bleiben, noch weniger sie auf die Dauer von sich weisen. Daher wiederholen sich beide Richtungen damaliger Philosophie auch in der Medicin, wenn gleich in der Natur der Sache lag, dass die Lehre von den Pflanzen von ärztlicher Seite am meisten bedacht wurde, in der Lehre von den Mineralien aber die abergläubische Ansicht am längsten herrschend blieb. Wir können daher das aus 743 lateinischen Hexametern bestehende Gedicht von den Steinen oder von den Edelsteinen: *Lapidarius s. de lapidibus pretiosis*, welches die fabelhaften Arznei- und Zauberkräfte von 60 Steinen beschreibt, zu den medicinischen, die Naturwissenschaft fördernden Schriften nicht rechnen; es wird gewöhnlich dem Bischoffe Marbod zu Rennes in der Bretagne († 1123) zugeschrieben und erhielt schon sehr früh Französische, Italienische und Dänische Uebersetzungen. (Lateinisch zuerst *Vienn.* 1511. 4., *edid. Jo. Cuspinianus*, eigentlich Spiesshaymer; zuletzt *Gotting.* 1799. 8., *edid. Jo. Beckmann*.) Vgl. Bücherkunde S. 244 fg.

Von eigentlich wissenschaftlichen Bestrebungen wiederholt sich in der Medicin ebenfalls die encyklopädische Richtung darin, dass man die ganze Arzneimittellehre und die Heilkunst selbst in lexikalischer Form bearbeitete, so i. J. 1317 der Salernitanische Arzt Matteo Silvatico aus Mantua in seinen *Pandectae medicae* und etwas später der Genueser Simon de Cordo *(Simon Januensis)* in seiner *Clavis sanationis*, beide im XV. und XVI. Jahrhunderte oft gedruckt und längere Zeit pharmakologische Hauptquellen. Ein ähnliches compilatorisches aber systematisch encyklopädisches Werk von grösserem Umfange lieferte i. J. 1385 der Paduaner Arzt Jacobus de Dondis unter dem Titel *Aggregator de medicinis simplicibus*, das weniger Verbreitung gefunden hat, aber oft mit dem unten zu beschreibenden Herbarius Moguntinus verwechselt worden ist, vgl. S. 12 fg. (*S. l. e. a. f.*)

Die zweite, observative, auf selbstständige Untersuchung hinleitende Richtung bethätigte sich zunächst vorzugsweise nur auf der anatomischen Seite, und zwar zuerst zu Bologna von dem ersten Viertheil des XIV. Jahrhunderts an, wo MONDINI lehrte, später zu Padua, denn für naturhistorische Untersuchung war die Zeit noch nicht reif und diese Forschungen wurden erst durch die neuen geographischen Entdeckungen des XVI. Jahrhunderts angeregt und gefördert. Aber in zwei Beziehungen that die wissenschaftliche Naturgeschichte einen bedeutenden Schritt vorwärts: Einmal, dass man die Nothwendigkeit einer monographischen Bearbeitung der officinellen Naturkörper auch in den medicinischen Schulen einsah und dass man den ersten Versuch naturhistorischer Abbildungen machte, die nicht nur zur Zierde, sondern zur wirklichen Belehrung bestimmt waren.

Für die monographische Behandlung der Naturkörper hatte man zwar an dem vorhin erwähnten Marbod'schen Gedichte von den Steinen und an des Albertus Magnus Schriften solcher Art (*de mineralibus ll. V, de plantis ll. VII, de animalibus ll. XXVI*) frühere Vorbilder, aber alle diese Arbeiten waren von den medicinischen Schulen nicht ausgegangen und, wie wir bereits gesehen haben, konnte wenigstens die erstere derselben, das Marbod'sche Gedicht, als fördernd für die wissenschaftliche Betrachtung der Naturkörper nicht gelten.

Abbildungen naturhistorischer Körper kannte man wenigstens in den pharmakologischen Schriften nicht und erst die Anatomie war es, die in den medicinischen Schulen das Bedürfniss von bildlichen Darstellungen fühlen liess (vgl. des Vfs. Geschichte und Bibliographie der anatomischen Abbildung nach ihrer Beziehung auf anatomische Wissenschaft und bildende Kunst. Leipz. 1852. 4.). Ausserhalb dieser Schulen kannte man Abbildungen von Pflanzen und Thieren als Verzierungen von Werken der bildenden Kunst aller Art, von den gothischen Domen an bis zu den Spielkarten herab, ja sie gingen auch in Handschriften wissenschaftlicher Werke als verzierende Miniaturen, später als verzierende Holzschnitte auch in Druckwerke des verschiedensten Inhalts über; solche Abbildungen und keine andern sind diejenigen, welche Conrad von Megenberg's Buch der Natur enthält (s. unten S. 27).

Das erste aus den medicinischen Schulen hervorgegangene Werk, welches wirklich mit zur Belehrung bestimmten, daher nothwendig zum Buche gehörigen naturhistorischen Abbildungen in reicher Anzahl versehen wurde, war aber zugleich ein monographisches für die medicinische Pflanzenkunde; wir besitzen es in dem unten (S. 9 fg.) näher beschriebenen *Herbarius Moguntinus*, der eben deshalb als Grundlage vieler späteren Arbeiten dieser Art eine in mehrfacher Hinsicht hoch anzuschlagende Bedeutung hat. Welche ähnliche handschriftliche Versuche ihm vorausgegangen sind, wissen wir nicht, da bis jetzt keine der Art bekannt worden sind; jedenfalls aber ist es, wie wir es jetzt besitzen, unmittelbar und zwar zur Zeit des Druckes für diesen vorbereitet worden. Mit ihm beginnt die monographische Bearbeitung der Arzneipflanzen, also die medicinische Botanik, zugleich tritt mit ihm die wissenschaftlich botanische Abbildung ins Leben, welche von diesem rohen Versuche ausgehend nicht ganz fünf Decennien später bereits durch OTTO BRUNFELS

(† 1534) eine sehr hohe Stufe erstiegen und wissenschaftliche nicht nur, sondern auch künstlerische Bedeutung erlangt hatte.

---

Die bisherige Betrachtung hat uns gelehrt, wie theils aus dem Aristotelischen Einflusse in seiner encyklopädischen und observativen Richtung, folglich von der Philosophie aus, theils aus dem praktischen Bedürfnisse, zunächst der Medicin und der Landwirthschaft, sich die Begründung der Naturwissenschaft und insbesondere der Naturgeschichte herausbildete, die Reiselust am Ende des XV. und im Anfange des XVI. Jahrhunderts aber zur genauern Untersuchung der Naturkörper, namentlich der der organischen Reiche, die Bahn brach, indem sie der Naturbetrachtung neues und reiches Material zuführte, vom Neuen aus aber, was immer den Menschengeist zur Betrachtung am regsten anzieht, dieselbe sich auch über das Alte, unvollkommen Erkannte, bald mit gleicher Sorgfalt erstreckte.

Es sollen daher zur Erläuterung des Vorgetragenen von jeder der angedeuteten Richtungen das älteste der hier einschlagenden Werke, die zugleich als früheste mit naturhistorischen Abbildungen versehene Drucke eine anderweite Wichtigkeit besitzen, einer genauern historisch-bibliographischen Untersuchung in den hier folgenden Blättern unterworfen werden. Es sind dieses

für allgemeine Naturgeschichte:

*Conrad von Megenberg's Buch der Natur,* S. 19 fg.

für medicinische Pflanzenkunde:

*Herbarius Moguntinus,* S. 9 fg.

für wissenschaftliche Landwirthschaft:

*Petri de Crescentiis liber ruralium commodorum,* S. 36 fg.

für auswärtige Reisen:

*Bernhard von Breydenbach's Reisewerk,* S. 40 fg.

womit für weitere exacte Forschungen auf diesem Felde, wie wir hoffen, eine möglichst sichere Grundlage oder wenigstens eine nähere Veranlassung geboten sein wird.

# Herbarius Moguntinus.

Ein mit dem Titel „*Herbarius*" bezeichnetes Hausarzneibuch, welches aber nicht blos Kräuter, sondern, wie man aus dem hier mitzutheilenden Inhalte ersieht, auch andere aus dem Thier- und Mineralreiche entnommene Stoffe, selbst auch zusammengesetzte Fabricate aufzählt; nur sind 150 Kräuter viel ausführlicher behandelt und mit Abbildungen versehen und dies macht das Hauptwerk des Buches aus, 96 andere Capitel, eben soviel Körper beschreibend, unter denen auch Vegetabilien sich befinden, sind in den Anhang verwiesen, kürzer behandelt und ohne Abbildungen; im Ganzen sind demnach 246 Artikel gegeben und in sieben Abtheilungen (*Particulae*) vertheilt, von welchen die erste die grösste und allein mit (150) Abbildungen versehen ist, die letzteren sechs (nämlich die zweite bis siebente) zusammen 96 Artikel enthalten. Dass das Buch ein Hausarzneibuch für Unbemittelte sein soll, geht aus der Vorrede hervor, die in der ältesten Ausgabe (*Mogunt.* 1484. 4.) vollständig folgendermaassen lautet:

*Rogatu plurimorum inopum nummorum egentium appotecas refutantium occasione illa. quod necessaria ibidem ad corpus egrum spectantia sunt cara simplicia et composita. numanisque plurimis comparanda. sed ad presens mens mea non se diuertit sed ad ea quae in priuatis locis ortis. siluis ac pratis inueniuntur. quorum presentia corpus humanum egrum seu neutrum ad corpus sanum reduci poterit. testante solerti medico Arnoldo de noua villa sic inquiente in amphorismis suis. Cum quis poterit mederi simplicibus frustra et dolose medicamina composita querit ille. Ait etiam Auicenna ij. libro. c. iiij. Medicine simplices habent operationes uniuersales et particulares. Et cum penes corpus humanum plures concurrant actus scilicet circa perfecte sanum actus conseruatiuus necessarius est. Circa sensibiliter lesum. actus curatiuus inducendus est. Circa uero insensibiliter lesum actus preseruatiuus seu resumptiuus necessarius est. Cum ergo corpus egrum actum curatiuum requirat seu practicam. Ob id presens opusculum suam sumpsit denominacionem Aggregator practicus de simplicibus. In quo quiuis hominum sibi ipsi subuenire poterit paucis deductis expensis. aduersus quamlibet egritudinem corpus humanum a vertice capitis ad plantas pedum ab intra corpus forasque affligentem iuxta tenorem plurimorum solertium medicorum de simplicibus confuse tractantium quorum dicta ad practicam expertam sunt redacta. utputa sunt Auicenna princeps secundo suo li (bro) de simplicibus. nec non serapio de simplicibus. similiter pandecta et platearius etc. Omnis ergo confusio nouerca existit veritatis que ad presens refutatur. cum omnia que a primeua origine processerunt raciane ordine et numero formata sunt et sic cognosci habent boecius in arismetrica sua Diuiditur ergo presens liber in septem particulas. In prima particula tractat de virtutibus herbarum ad appoteam spectantium in modum antidotorum dispensatarum. In secunda particula innuit de simplicibus laxatiuis et linitiuis seu lubricatiuis superioribus antidotis prime particule deseruientibus. In tercia particula detegitur de simplicibus confortatiuis seu speciebus aromaticis. In quarta particula dilucidat de fructibus et seminibus et radicibus. In quinta particula de gommis et eis similibus. In sexta particula de generibus salis et mineris et lapidibus. In septima particula et ultima considerat de animalibus et prouenientibus ab eis. que omnia ad practicam presentis operis deseruire habent.*

Auf diese Vorrede folgt auf derselben Seite die Angabe des Apothekergewichtes:

*Pondus medicinale in figuris sic cognosces.*
℥. *j. id est vncia vna: ℥. s. id est vncia media.*
3. *j. id est Dragma vna. 3. s. id est dragma media*
Ɔ. *j. id est Scropulus vnus. Ɔ. s. id est Scropulus medius.. m. j. id est manipulus unus. m. s. id est mani-*
*pulus medius. Ana. id est de quolibet equaliter. lb. j. est libra vna. lb. s. id est libra media.*
*Et. ℥. j. facit duos lotones. Et. ℥. s. vnum lotonem.*
*Et dragma vna. id est quarta pars rnius lotonis*
*Et Ɔ. j. est tercia pars vnius dragme.*

Hierauf das Inhaltsverzeichniss der ersten Particula: **Capitula herbarum secundum ordinem alphabeti** und auf den nächsten 150 Blättern die zu der ersten Particula gehörigen Pflanzen, 150 an der Zahl, deren jede auf der Stirnseite ihres Blattes abgebildet ist, unter der Abbildung folgt die lateinische und deutsche Benennung, dann die Beschreibung, welche allemal auf der Rückseite des Blattes schliesst. Die Reihefolge der Pflanzen ist:

1. *Absintheum*, 2. *Abrotanum*, 3. *Altea*, 4. *Acorus*, 5. *Acetosa*, 6. *Agrimonia*, 7. *Alleum*, 8. *Alke-kenge*, 9. *Ameos*, 10. *Anetum*, 11. *Apium*, 12. *Arthimesia (artemisia)*, 13. *Aristologia longa*, 14. *Aristologia rotunda*, 15. *Asarum*, 16. *Atriplex*, 17. *Aaron*, 18. *Auricula muris*, 19. *Arnoglossa*, 20. *Ambrosiana*, 21. *Affodillus*, 22. *Agnus castus*, 23. *Borago*, 24. *Buglossa*, 25. *Bettonica*, 26. *Branca ursina*, 27. *Bleta*, 28. *Bursa pastoris*, 29. *Berberus*, 30. *Baselicon*, 31. *Brionia*, 32. *Cicorea*, 33. *Calamentum*, 34. *Centaurea*, 35. *Cartamus*, 36. *Cinoglossa*, 37. *Camomilla*, 38. *Camepitheos (chamaepitys)*, 39. *Capillus veneris*, 40. *Cepe*, 41. *Coriandrum*, 42. *Cuscuta*, 43. *Ciperus*, 44. *Celidonia*, 45. *Cathapucia*, 46. *Cucumer*, 47. *Calamus siluestris*, 48. *Canapus*, 49. *Daucus creticus*, 50. *Diptamus*, 51. *Esula minor*, 52. *Endiuia*, 53. *Eupatorium*, 54. *Enula*, 55. *Epatica*, 56. *Elleborus albus*, 57. *Elleborus niger*, 58. *Ebulus*, 59. *Edera terrestris*, 60. *Edera arborea*, 61. *Fumus terre*, 62. *Feniculus*, 63. *Fragaria*, 64. *Frazinus*, 65. *Grana solis*, 66. *Gallitricum*, 67. *Gariofjilata*, 68. *Genciana*, 69. *Genesta*, 70. *Gramen*, 71. *Hermodattulus*, 72. *Jusquiamus (hyoscyamus)*, 73. *Isopus*, 74. *Ireos uel Iris*, 75. *Juniperus*, 76. *Iringus (eryngium)*, 77. *Lilium*, 78. *Lupulus*, 79. *Lappa-cium acutum*, 80. *Lactuca*, 81. *Leuisticus*, 82. *Lauendula*, 83. *Laureola*, 84. *Mellissa*, 85. *Millefolium*, 86. *Malua*, 87. *Menta*, 88. *Mellilotum*, 89. *Matricaria*, 90. *Maiorana*, 91. *Marubium*, 92. *Mora celsi*, 93. *Mercurialis*, 94. *Mandragora*, 95. *Nasturcium ortulanum*, 96. *Nasturcium aquaticum*, 97. *Nigella*, 98. *Nenufar*, 99. *Origanum*, 100. *Piretrum*, 101. *Pionia*, 102. *Petrosilinum*, 103. *Polipodium*, 104. *Paritaria*, 105. *Portulaca*, 106. *Polegium*, 107. *Porrum*, 108. *Pentaffilon*, 109. *Pipinella*, 110. *Papauer*, 111. *Populus*, 112. *Pastinaca siluestris*, 113. *Pastinaca domestica*, 114. *Rosa*, 115. *Raffanus*, 116. *Radix*, 117. *Ruta*, 118. *Rosmarinus*, 119. *Rapa*, 120. *Ribes*, 121. *Rubea tinctorum*, 122. *Solatrum*, 123. *Spinachia*, 124. *Siler montanum*, 125. *Sinapis*, 126. *Squinantum*, 127. *Serpentaria*, 128. *Satirion*, 129. *Scicados citrinum (Sticados, Stoechas)*, 130. *Scicados arabicum*, 131. *Spargus*, 132. *Sauina*, 133. *Semperuiua*, 134. *Squilla*, 135. *Sambucus*, 136. *Salix*, 137. *Saxifraga*, 138. *Scolopendria*, 139. *Scabiosa*, 140. *Saluia*, 141. *Spicanardi*, 142. *Spica-celtica*, 143. *Serpillum*, 144. *Taxus barbatus*, 145. *Tormentilla*, 146. *Viola*, 147. *Virga pastoris*, 148. *Vrtica*, 149. *Valeriana*, 150. *Vsnea*.

Die Schreibart ist hier genau nach der Mainzer Ausgabe beibehalten worden, man wird sie bei einiger Kenntniss der Medicin des Mittelalters leicht in die richtige oder beziehentlich jetzt gültige übertragen können und haben wir nur bei einigen das Richtige in Klammern beigesetzt.

Hinter diesen Pflanzen mit Abbildungen folgt nun ein Index der übrigen 6 Particulae und dann die Beschreibung der darin enthaltenen Gegenstände ohne Abbildung und ohne deutsche Namen. Die Ueberschriften dieser *Particulae* (2—7) sind schon in der oben mitgetheilten Vorrede aufgeführt, daher wir sie hier nur mit ihren Nummern bezeichnen, dafür aber ihren Inhalt vollständig angeben.

*Particula II.:* 1. *Aloepaticum*, 2. *Agaricus*, 3. *Coloquintida*, 4. *Cassiafistula*, 5. *Euforbium*, 6. *Emblici*, 7. *Manna*, 8. *Reubarbarum*, 9. *Scammonea*, 10. *Sene*, 11. *Tamarindi*, 12. *Zucrum*.

*Part. III.:* 13. *Cinamomum*, 14. *Cardamomum*, 15. *Crocus*, 16. *Calamus aromaticus*, 17. *Garioffili*, 18. *Galanga*, 19. *Genciana*, 20. *Liquiricia*, 21. *Macis*, 22. *Nux muscata*, 23. *Piper*, 24. *Reuponticum*, 25. *Sandalum*, 26. *Tamariscus*, 27. *Viscus*, 28. *Zinciber*.

*Part. IV.:* 29. *Amigdale dulces et amare*, 30. *Citonia*, 31. *Capparis*, 32. *Castanea*, 33. *Ficus, pince et vue passule*, 34. *Iriube et sebesten*, 35. *Pruna*, 36. *Anisum*, 37. *Bacca lauri*, 38. *Cubebe*, 39. *Carui*.

40. *Faba*, 41. *Fenugrecum*, 42. *Semen lini*, 43. *Lupinus*, 44. *Milium*, 45. *Nuces (usuales) et auellane*, 46. *Ordeum*, 47. *Orobus*, 48. *Oliua et oleum oliuarum*, 49. *Poma granata*, 50. *Vinum et acetum*.

Part. V.: 51. *Camphora*, 52. *Dragantum (Tragacantha)*, 53. *Gummi arabicum*, 54. *Laudanum*, 55. *Mastix*, 56. *Mirra*, 57. *Pix (navalis et liquida)*, 58. *Resina*, 59. *Storax calamita*, 60. *Terepentina*.

Part. VI.: 61. *Alumen*, 62. *Argentum viuum*, 63. *Bolus armenus*, 64. *Cerusa*, 65. *Calx viua*, 66. *Corallus rubeus et albus*, 67. *Emantites (haematites)*, 68. *Litargirum*, 69. *Lapis lasuli*, 70. *Perili siue margarite*, 71. *Sulphur*, 72. *Sal*, 73. *Tartarus*, 74. *Tuthia*, 75. *Vitriolum*, 76. *Viride eris*.

Part. VII.: 77. *Aneta et anser*, 78. *Bos*, 79. *Capra*, 80. *Cancri fluuiales*, 81. *Columba*, 82. *Castor*, 83. *Ceruus*, 84. *Edus (hoedus)*, 85. *Lepus*, 86. *Porcus*, 87. *Vitulus*, 88. *Vulpis*, 89. *Butirum*, 90. *Coagulum*, 91. *Caseus*, 92. *Cera*, 93. *Lac*, 94. *Mel*, 95. *Spodium*, 96. *Sapo*.

Offenbar ist das Werk ein aus anderen Schriften zusammengetragenes, die auch meistens redlich angeführt werden; für die 1. Abtheilung sind Hauptquellen gewesen: der Pandectarius, nämlich die *Pandectae medicae*, welche um 1317 von dem aus Mantua gebürtigen Mailänder Arzte MATTHÄUS SYLVATICUS verfasst worden sind und ein alphabetisches Repertorium darstellen; Serapio, wahrscheinlich des jüngern SERAPION *liber de medicamentis simplicibus*, ein Werk aus der zweiten Hälfte des XI. Jahrhunderts; Auicenna, der Kanon und einige andere Werke des EBN SINA aus der zweiten Hälfte des X. Jahrhunderts; Platearius, wahrscheinlich des MATTHÄUS PLATEARIUS, eines Salernitanischen Arztes aus der zweiten Hälfte des XII. Jahrhunderts *Liber de simplici medicina*, gewöhnlich nach seinen ersten Worten *Circa instans* genannt; weniger werden angeführt und wohl gar nicht nach eigener Ansicht Dioscorides und Galenus aus den Zeiten des Nero und Commodus; Mesue, wahrscheinlich des jüngern MESUE ELMARDINI aus der ersten Hälfte des XI. Jahrhunderts pharmakologische Werke; Albertus Magnus († 1280) *liber secretorum*, *de virtutibus herbarum* u. a. Werke; nur einmal oder einigemal erwähnt werden: Averroes, des Arabers EBN ROSCHD medicinisches Werk Collijat aus dem Ende des XII. Jahrhunderts; Plinius († 79); Macer (blos in c. 112 *Pastinaca silv.*), das Gedicht MACER FLORIDUS *de viribus herbarum* aus dem X. Jahrhunderte; Nicolaus (blos in c. 111 *Populus*), des NICOLAUS PRÄPOSITUS, eines Salernitanischen Arztes aus der ersten Hälfte des XII. Jahrhunderts *Antidotarium*; Bartholomaeus Anglicus, des Englischen Minoriten BARTHOLOM. DE GLANVILLA allgemeine Encyclopädie *de proprietatibus rerum* aus der Mitte des XIV. Jahrhunderts. — Für die Abtheilungen 2—7, welche überhaupt anders behandelt, vielleicht von einem andern Verfasser sind als die erste, sind ebenfalls der Pandectarius, Serapio und Platearius Hauptquellen, Avicenna, Averroes, Plinius und Aristoteles werden nur selten genannt; in der 7. Abtheilung (von den Thieren) scheint Barthol. Anglicus Hauptquelle zu sein. — Dass übrigens alle griechischen und arabischen Schriftsteller nur in lateinischen Uebersetzungen benutzt wurden, versteht sich von selbst; mit Ausnahme der arabischen Hauptquellen werden es aber meistens nur übertragene Citate aus diesen Quellen sein.

Die Einrichtung des Buches, welche hier nach der Mainzer Ausgabe von 1484 beschrieben worden ist, bleibt sich in den übrigen lateinischen Ausgaben gleich, nur dass die in Italien herausgekommenen die deutschen Synonyme nicht haben. Diese deutschen Benennungen differiren aber in den beiden Ausgaben Mainz 1484 und Passau 1485, wir setzen sie hier nach den bei dem Verzeichnisse gegebenen Nummern bei, so dass die erste Bezeichnung aus der Mainzer, die zweite aus der Passauer Ausgabe genommen ist, wo beide aber gleich sind nur Eine Bezeichnung gegeben wird:

1. *wermut*, 2. *stawortzel, gartham*, 3. *ybiszwortzel, wildpapel*, 4. *gellilien, gelschwertel*, 5. *sueramprich, sawer ampfer*, 6. *odermenich, hail allerwelt*, 7. *knobelauch, knoblach*, 8. *boberellen, iudentockel*, 9. *reynfar, reinfar*, 10. *dille, tille*, 11. *eppe*, 12. *bifoisz, peifos*, 13. *osterloczi, tang holwurtz*, 14. *hollwortz, simbelholwurtz*, 15. *haselwortz, haselwurtt*, 19. *schiszmelde, molten*, 17. *aron*, 18. *muss ore, meusz orlein*, 19. *wegebreide, wegrat*, 20. *wilde selbe, wildes saluum*, 21. *wildswertel, wild schwertel*, 22. *schaiffmulle, schaffmulte*, 23. *borisz*, 24. *oschenzungen, ochsenzungen*, 25. *bethonich*, 26. *berenklauue, bernklaw*, 27. *ramsz-*

*kole, piessen*, 28. *teschenkrut, taschelkraut*, 29. *versilz, paisselpere*, 30. *baselich, basilgrim*, 31. *roselworczel, brionich oder wilde weinreben*, 32. *sonnenwirbel, wegwart*, 33. *wilde polei oder steinmintz, stainmuntz*, 34. *dusentgulden, fieberkraut*, 35. *wilde saffran*, 36. *hundes zunge, ochsenzungen*, 37. *camillen*, 38. *grosz gammandre*, 39. *steynrute, stainrutte*, 40. *czwebein, zwifal*, 41. *coriander*, 42. *syde vff flasz, flachsseiden oder seiden vff flachs*, 43. *wild galien, wilde galien*, 44. *schelwortz*, 45. *sprinckwortz, springkraut*, 46. *kurbisz, kurbis*, 47. *wild calmis, wilder calmis*, 48. *hanff, haniff*, 49. *fogelnest*, 50. *diptam*, 51. *klein wolffwortz, klein wolfwortz*, 52. *genszezung, maijdiestel*, 53. *wil selbe oder hertzele, wild selbe oder hertzlie*, 54. *alant*, 55. *lebberkrut, leberkraut*, 56. *wisz niszwortz, weis niswurtz*, 57. *swarcz niszworcz, swartze nieswurtz*, 58. *atich*, 59. *gunderebe, grundreb*, 60. *ebich*, 61. *ertrauch, erdrauch*, 62. *fenchel*, 63. *erperkrut*, 64. *eschenbaum, espenbaum*, 65. *steynbrech, steinbrech*, 66. *scharlach*, 67. *garioffelcrut, garioffelkraut*, 68. *encien*, 69. *ginst*, 70. *grass*, 71. *zytlosz, zitlos*, 72. *bilsenkrut, bilsenkraut*, 73. *ysop, isop*, 74. *swertelworczel*, 75. *wecholter, krawentber*, 76. *kruszdistel, krusdistel*, 77. *lilgen*, 78. *hoppen, hopffen*, 79. *spiczwegerich*, 80. *lattich, latich*, 81. *liebstuckel*, 82. *lawendel*, 83. *dripkrut, zeidelpast*, 84. *muderkrut, wantzenkraut*, 85. *garbe, wundkrut*, 86. *bappel*, 87. *myncz, mintz*, 88. *steynklee, steinkle*, 89. *meter, materkrut*, 90. *mairon, maioran*, 91. *andaren, marobel*, 92. *mulber*, 93. *bingelkrut*, 94. *doilworcz, dilwurtz*, 95. *gartenkrasz, gartenkress*, 96. *bornkrasz, brunkrasz*, 97. *rate, raten*, 98. *seeblomen*, 99. *dost*, 100. *bertrum*, 101. *bononigen worczel, pionikraut*, 102. *petersilge*, 103. *engelsusz, stainwurtz*, 104. *nacht vnd dag, nacht vnd tag*, 105. *burczelkrut, burczlkraut*, 106. *poley, poleij*, 107. *lauch*, 108. *funffinger*, 109. *beuenelle, beuenellen*, 110. *maiszsamen, magsamen*, 111. *vlbenbaum, vlbenpaum*, 112. *wildmoren*, 113. *moren*, 114. *rosen*, 115. *retich, rettich*, 116. *mirretich*, 117. *rute, rutte*, 118. *rosenmarin*, 119. *ruben*, 120. *sant iohans drublin, sant iohans trublin*, 121. *klebekrut*, 122. *nachtschade, nachtschat*, 123. *benicz, spenatkraut*, 124. *wilde kommel, wilkommel*, 125. *senff*, 126. *kameelgrasz*, 127. *naterworcz, noterwurcz*, 128. *stendelworcz, stendelwurcz*, 129. *mottencrut, mottenkrut*, 130. (*Scicados*) *von arabien*, 131. *spargen*, 132. *seuenbaum?, siebenbaum*, 133. *huszworcz, hauswurcz*, 134. *wilde zwibel, wildczubel*, 135. *holder*, 136. *widen, weden*, 137. *steynbrech, steinbrech*, 138. *hireczezunge*, 139. *pastenenkrut, grintkraut*, 140. *selbe, selben*, 141. *spicanard, epicanai den*, 142. *romeszspica, romisszpica*, 143. *quendel*, 144. *wulle, hümelprant*, 145. *tormentill*, 146. *violen, veiel*, 147. *karten*, 148. *nessel*, 149. *gargewant, baldrian*, 150. *maisz, miesz*.

Abgesehen von der ungleichen Orthographie, von Schreib- und Druckfehlern, und der Dialectverschiedenheit von Mainz und Passau sind die meisten Verschiedenheiten der Pflanzennamen als wirkliche Synonyme einer Pflanze anzusehen.

Die Pflanzenabbildungen waren in solcher Anzahl und so sorgfältiger Ausführung früher noch nicht zu wissenschaftlichen Zwecken in Druckwerken bekannt gemacht worden, wenn gleich auf Kartenblättern, Heiligenbildern und andern Holzschnitten und Kupferstichen als Beiwerk und Verzierung viel früher schon viel schönere Darstellungen von Pflanzen und von viel bessern Künstlern ausgeführt zu finden sind. Besonders zeichnet sich hierin der alte unbekannte Meister E. S. 1466, welchen Nagler früher für einen Erhard Schön, später für einen E. Stern ansprach und von welchem man eine grosse Anzahl schöner, meist grosser Kupferstiche hat, oder ihm wenigstens zuschreibt, rühmlichst aus (Frenzel in Naumann's Archiv für die zeichnenden Künste, 1. Bd. Seite 15—49, Nagler ebendas. S. 189—193), nicht minder aber auch die Holzschneider und Kupferstecher der alten Spielkarten. Eben so kommen schöne Pflanzenabbildungen unter den Miniaturen alter Handschriften und auf deren Randverzierungen vor. Ueber die Pflanzenabbildungen des Herbarius wird bei Aufzählung der einzelnen Ausgaben desselben das Nöthige bemerkt werden.

Da der Verfasser unsers Herbarius in der Vorrede sein Werk selbst *Aggregator practicus de simplicibus* nennt, so wird man diesen Titel für dasselbe auch neben dem Titel *Herbarius* beibehalten müssen. Man muss sich aber hüten, dasselbe mit einem andern, davon ganz verschiedenen und viel grösseren Werke zu verwechseln, welches einem Arzte des XIV. Jahrhunderts Jacobus de Dondis zugeschrieben wird, im Jahre 1385 verfasst und bereits im XV. Jahrhunderte O. O. u. J. f. und *Venetiis* 1481. f. gedruckt wurde (Hain n. 6395,6396). Die Zeit der Abfassung, der Zweck und der Titel dieses Werkes gehen aus der Vorrede der ältesten Ausgabe O. O. u. J. fol. hervor:

*Fructiferum medicis acturus opus: non modo rudibus tantum et iuuenibus: qui breuitate temporis*
*artatis nondum plurima diuersorum autorum auxilia perlegerant, sed et prouectis non minus et maxime sen-*
*quibus etsi multa vidisse potuerunt, delere tamen solet non pauca obliuio senectutis etc. — Ego virtute praen-*
*eius aggregabo remedia autores subscribens et locum. Et quia opus hoc ex pluribus aggregatur liber ag-*
*gationis nomen acquirat Aggregator Paduanus de medicinis simplicibus etc. — Opus quidem*
*longis retro temporibus inchoatum completum est per me artium et medicinae doctorem Magistrum Jaco-*
*paduanum Anno domini M. cc* octuagesimo quinto.*

Die Venediger Ausgabe von 1481 (X. *kalendas Junias*, fol.) giebt in der Aufsch
den Titel: *Aggregator. Compilatione. Clarissimi phisici Jacobi de dondis Ciuis. paduani*, in
Schlussschrift: *Explicit Agregatio clarissimi medici Jacobi de dundis Paduani.* Dieses W
hat in der ältesten Ausgabe 284, in der zweiten 354 Folioblätter, ist also viel stär
als der Herbarius; es hat keine Abbildungen und kann auch keine haben, weil es in z
Tractatus die Arzneimittel nach ihren Wirkungen zusammenstellt, so dass Ein Arzneimi
in mehreren dieser Tractatus seiner verschiedenen Wirkung und Anwendung wegen wied
holt aufgeführt wird.   Da nun unser Herbarius Moguntinus ebenfalls *Aggregator de simplic*
hiess und bereits im XV. Jahrhunderte mehrermale zu Passau (*Pataviae*) gedruckt wur
so kam es, dass man diesen Herbarius *Aggregator Patavinus* nannte, und indem man spä
den Druckort *Patavia* Passau mit *Patavium* Padua verwechselte, entstand der T
*Aggregator Paduanus*, der nur dem Werke des Jacobus de Dondis gebührte, aber fälschl
auch unserem Herbarius beigelegt wurde.   Von hier aus fiel man sehr leicht in den I
thum, unsern Herbarius dem Jacobus de Dondis zuzuschreiben, der damit eben so we
etwas zu schaffen hat als Padua.   Diese Verwirrung haben wir bereits i. J. 1829 zu lö
versucht (in Pierer's allgemeinen medic. Annalen 1829, S. 1153 fg.), sie ist aber d
noch in neueren Werken mehrfach zu finden.   Um ihr für künftig vorzubeugen, sollte n
unseren Herbarius, dessen Verfasser gar nicht bekannt ist, *Herbarius Moguntinus* o
*Aggregator Moguntinus* nennen, da er in Mainz zuerst in datirter Ausgabe erschienen
rein deutschen Ursprunges ist, daher weder von Padua ausgegangen, noch von Jaco
de Dondis verfasst sein kann.   Das Werk dieses letzteren aber, der *Aggregator Padua*
*seu Patavinus*, führt in einer spätern Ausgabe, der Juntine, den Titel: *Promptuarium me*
*cinae, in quo non solum facultates simplicium et compositorum medicamentorum declarantur: ve*
*etiam quae quibusvis morbis medicamenta sint accommodata etc. Venet., apud Juntas, 1576. (*
*(Mercklin Lindenius renov. pag. 480.)*

Eine andere Unrichtigkeit ist die, dass man unsern Herbarius Moguntinus d
Arnoldus de Villanova, einem spanischen, später in Italien und Frankreich lebene
Ärzte (geb. 1276, gest. 1312) zugeschrieben hat.   Auch dieser Irrthum ist leicht zu
klären.   In der oben mitgetheilten Vorrede *Rogatu plurimorum* etc. werden zuerst und
allen andern Citaten Arnoldus de nova villa und bald darauf Avicenna citirt; d
veranlasste, die Ausgabe des Herbarius *Vincent.* 1491. 4. mit einem Holzschnitte zu v
zieren, welcher diese beiden Aerzte (Arnoldus und Avicenna) im Gespräche bei einan
sitzend darstellte, wahrscheinlich mit darunter in Typen gedruckten Namen dieser zv
Personen (Hain n. 8451).   Die Ausgabe des Herbarius *Venet.* 1499. 4. liess diesen Ho
schnitt weg, da der Drucker den Stock nicht besass, druckte aber die Typenschrift,
dort unter dem Holzschnitt stand, nach und so liest man in der genannten Venediger A
gabe über der Vorrede die Zeile Arnoldi *de noua uilla Auicenna*, als ob Arnoldus ein Bi
geschrieben hätte, betitelt *Auicenna*.   So führt auch wirklich Hain (n. 1807) diese Ausg
unter dem Titel auf: *Arnoldus de Villa Nova de virtutib. herbarum s. Avicenna*; es
aber kein anderes Buch, als unser Herbarius Moguntinus, wie die eigene Ansicht
uns vorliegenden gut erhaltenen Exemplares lehrt und wie man sich aus der von Hain sel
gegebenen Beschreibung, so wie aus der bei Panzer zu lesenden (*annal. typogr.* IV. 45
überzeugen kann.

In Italien erschien der Herbarius Moguntinus einigemal unter der Bezeichnung *Herbolarium* oder *Herbolario*, die erstere führt er in den lateinischen Ausgaben Vicenza 1491 und Venedig 1499; die zweite in einer italienischen Uebersetzung, welche, wie es scheint, mehrmals herausgegeben worden ist. In der Ausgabe dieser Uebersetzung, welche Venedig 1536. 8. erschien, aber nicht wohl der früheste Druck derselben sein kann, steht folgende Vorrede des ersten Uebersetzers:

*Alli lettori salute. Non si puote o mio lettore le cose de nostri antiqui senza grandissima fatica diligentemente vedere: e viste transcriuere: molto maggiore: adonque e quelle de luna lingua a laltra fidelmente tradurre. Hora hauendo con ogni diligentia a priegi de vno diligente impressore huomo veramente degno de ogni laude: non solamente al proprio bene: ma molto piu al commune inclinato: come ueder si puote lui sempre cercar de imprimer cose necessarie e utile: onde hauendo visto sua dimanda vtile e buona: con ogni diligentia questa bellissima opera e non con poca fatica fidelmente ho tradutta da la latina lingua alla materna e volgare: e verissimamente in se e buona e utile: perche niuna cosa a ogni conditione de huomini essere puote piu bella e vtile quanto e la sanita senza laquale nulla perfetta operatione puo essere. Hauerai adonque lettore mio vno tesauro non solamente a poueri: ma anchora a ricchissimi gratissimo. Et accio piu facilmente bisognando si possi quello che si cercara trouare. A questo aggionger mi e piazuto vna tabula ordinata per alfabetto: per laqual secondo lordine de le littere nomi de esse egritudine potrai tutte medicine che in questo si contiene conuegneuole a esse egritudine trouare. Hora perche ditto ti ho questo essere vno grandissimo thesauro e conoscendo molti bisognosi a commune vtilita e massime de li poueri del mio redentore Jesu Christo: molto piu volentieri queste fatiche fidelmente traducendo ho fatto: accio anchora quelli che non hanno la lingua latina possino saper li secreti de la natura intendere: li quali a noi da antiqui lassati a nostra vtilita sono e a buona fine operare li dobiamo. Non restaro adonque admonirti essendo inserte in questo molte grande e nobile cose quelle operar vogli con ogni consideration e prima bene intendere quello far bisogna: suttilissimamente e a buona fine: perche io ti auiso che le cose medicinale regolatamente datte sono diuine: e anchora se non regolatamente sono datte sono diaboliche e mortale: io nientedimeno ti pono auanti alli occhi il iudicio di dio vero e la sua institia: laquale a ognuno secondo le sue opere daralli el premio: dico questo accio non ti lassi tentare quelle senza conosimento ouero in male parte operare. Ma se pure si maluagio serai che de la mia admonitione malamente operando non te curasti. Lo fuocho dal cielo caschi sopra di te e la iustitia di Dio ti punisca: laqual non si puo fugere: quelli veramente che a buona fine questo operara priego in premio de mie fatiche pregino el signore per me accio a magior cose estender mi possa. Come lui mediante in tempo da me hauerai.*

Der Uebersetzer ist nicht genannt; man lernt aber aus der Vorrede, wie hoch das Werk selbst gehalten ward und welche Mühe es dem Uebersetzer kostete, zugleich aber, dass die Version nicht vor der zweiten Hälfte des XV. Jahrhunderts geschrieben sein kann, da dies in Aufforderung eines Buchdruckers geschah; die Sprache deutet fast auf eine ältere Zeit und auf eine stilistisch wenig gebildete Hand hin. Ein Register nach den Krankheiten wurde sonach erst den italienischen Uebersetzungen beigefügt und fehlt den lateinischen Ausgaben, die vor diesen erschienen; der letzte Theil der Vorrede könnte den geistlichen Stand des Uebersetzers vermuthen lassen, was nicht ausschliesst, dass er ein Arzt gewesen sei.

Dass das *Herbolarium* oder *Herbolario* kein von dem Herbarius Moguntinus verschiedenes Werk sei, geht aus den unten aufzuführenden Ausgaben deutlich hervor. Das französische *Arbolaire* oder *Arbolayre* ist zwar ebenfalls mehrfach zu Ende des XV. Jahrhunderts zu Paris gedruckt worden und vielleicht aus dem Herbolarium entstanden, aber es ist viel grösser und mehr dem Hortus sanitatis verwandt, denn es hat zwar Abbildungen von Pflanzen, die zum Theil aus dem Herbarius entlehnt sein sollen, aber auch viele Abbildungen von Thieren. *Haller bibl. botan.* I. p. 242.

## Ausgaben.

**Mainz** 1484. kl. 4., gedruckt bei Peter Schöffer.

Titel (Bl. 1 a): *Herbarius. Ma-|guntie impressus.|Anno ℈C̄. lxxxiiij.* Diese 3 Zeilen in gothischer Schrift schwarz, darunter die Fust-Schöffer'schen Wappenschildchen an einem Aste hängend roth. Bl. 2 a die Vorrede: ( ) *Ogatis plurimorum inopum numorum|egentium appotecas refutantium oc-|casione* etc., für eine grosse

Initiale (R) ist leerer Raum gelassen; die Vorrede schliesst Bl. 2 b, Z. 17: *deseruire habent*; hierauf *Pond* *medicinale in figuris sic cognosces — vnius dragme*. Bl. 3 a: *Capitula herbarum secundum | ordinem alphabe* hierauf der Index der ersten Abtheilung, der Bl. 4 a, Z. 32 schliesst, Bl. 4 b weiss. Bl. 5 a beginnen d Pflanzenabbildungen und Beschreibungen, jede der letztern schliesst auf der Rückseite ihres Blattes, je Abbildung steht auf der Stirnseite, hat über sich eine römische Zahl, die also für Bl. 5—154 zuglei Blattzahl ist. Diese Abtheilung beginnt mit *Absintheum wermut* und schliesst auf Bl. 154 a mit *Usn maisz*, die Beschreibung endet Bl. 154 b, Z. 23: *cenna. Serapio etc.* Bl. 155 a beginnen die anderen Abtheilungen des Buchs, die keine Abbildungen haben, mit einem gemeinschaftlichen Capitelverzeichni derselben: *Particula secunda de | simplicibus laxatiuis | linitiuis* etc., welches schliesst Bl. 155 b mit: *xcrj.* *sapone*. Bl. 156 weiss, Bl. 157 a: *Capitulum primum | ( ) Loepaticum calidum est et siccum in secund* *gradu* etc., womit der Text der letzten 6 Abtheilungen beginnt, der Bl. 174 b, Z. 24 mit den Wort schliesst: *et prouocabunt asellationem*, ohne Schlussschrift. Goth. Druck ohne Sign., Custos und Blattzal 174 Bl., 32 Zl., für die Initialen überall leerer Platz. Die Abbildungen der Pflanzen sind noch se roh und steif, oft ist aber doch die Pflanze erkennbar, meist ist sie ganz mit Wurzel und Blüthe a gebildet, bisweilen fehlt erstere, selten die letztere; die Wurzeln sind in der Abbildung immer am wi kürlichsten behandelt, eben so die Stengel, die meist unförmlich dick erscheinen, sorgfältiger sind Blätt und Blüthe behandelt. Oft besteht die Abbildung blos aus den starken Conturen, zum Theil sind au Schraffirungen angebracht, oft nur in der Einen Blatthälfte, in den Stengeln oft Lagen krummer Striche, au zum Theil in den Wurzeln; Kreuzschraffirung erscheint nirgends, nur durchschneidet die Mittelrippe d Blattes bisweilen die Querschraffirung desselben; eine schlechte mit dem Pinsel gemachte Colorirung find sich in dem Exemplare der königl. Bibliothek zu Dresden, welches den gräflich Bünau'schen Einband ha in diesem Exemplare sind aber eine Anzahl Blätter falsch eingeheftet und handschriftlich mit falsch Nummern bezeichnet (*Nigella — Sticados*); auf das Titelblatt hat eine Hand des XVI. Jahrhunderts g schrieben: *Aggregator practicus per simplicia, ut habet praefatio huius operis, minime contemnendj. pro pa* *peribus patribus familiäs, Apothecariorum Sordiditatem pati ob egestatem non valentibus.* (Hain n. 84 Pritzel n. 11867, Allgem. medic. Annalen 1829, S. 1158—1165.)

**Ohne Ort und Jahr** und ohne Angabe des Druckers.

Ganz übereinstimmend mit der Mainzer Ausgabe, nur soll Blatt 1 weiss sein, also der Ti fehlen und die Pflanze 75 in der Ueberschrift haben: *lxxij Juniperus. Wecholder*, statt dass in der Mainz Ausgabe steht: '*lxxv Juniperus wecholter* (Serapeum 1853, S. 357). Hiernach würde diese in der Ha burger Stadtbibliothek aus Jacob Christian Vogel's Nachlass befindliche Ausgabe wohl ein Nachdruck d vorigen sein.

**\* Passau** *(Pataviae)* 1485. kl. 4., ohne Namen des Druckers.

Titel (Bl. 1 a): *Herbarius Patauie im | pressus Anno domini et ceté | ra. lxxxv.*, Bl. 2 a: ( ) *Oge* *plurimorum | inopum nummorum egentium appotecas re- | futantium occasione* etc.; die Vorrede schliesst 2 b, Z. 15, hierauf: *Pondus medicinale in figu | ris* etc.; Bl. 3 a: *Capitula herbarum secundum | ordin* *alphabeti*, darauf der Index der ersten Abtheilung, der Bl. 4 a, Z. 28 schliesst, Bl. 4 b weiss. Hiers folgen die Abbildungen und Beschreibungen mit ihren 150 römischen Blattzahlen, ganz in derselben E richtung wie in der vorigen Ausgabe. Die erste Abtheilung schliesst Bl. 154 b, Z. 19: *strua. Pandec* *Auicenna. Serapio.*, Bl. 155 a: *Particula secunda De | simplicibus laxatiuis li- | nitiuis* etc., schliesst Bl. 155 Bl. 156 weiss; Bl. 157 a: *Capitulum primum. | (a) Locpaticum* etc., schliesst Bl. 174 b, Z. 23: *de esula* *prouocabunt asellationem*. Goth. Druck ohne Sign., Cust. und Blattzahl, 32 Zeil. Die Pflanzen sind d selben, wie in der vorigen Mainzer Ausgabe, aber die deutschen Benennungen sind meist verschiede die Abbildungen sind ähnlich, aber gegenseitig und schlechter nachgeschnitten; auf Bl. 96 *Nasturci* *aquaticum* ist aus Versehen der Holzstock umgekehrt worden, so dass die Wurzel nach oben sieht, vi leicht nur in den frühern Exemplaren; Bl. 28, 29, 30 haben die Pflanzen *Baselicon, Berberus, Bu* *pastoris* in abweichender Reihefolge von der Mainzer Ausgabe. (Hain n. 8445, Pritzel n. 11868.) Bibliot der chirurgisch-medicinischen Akademie zu Dresden.

**Passau** *(Pataviae)* 1486. kl. 4. ohne Namen des Druckers.

Titel (Bl. 1 a): *Herbarius Patauie im | pressus Anno domini et ce | tera lxxxvj.*, Bl. 2 a: *(r) Oge* *plurimorum | inopum nummorum egencium appote | * etc., Register der 150 Kräuter, dann diese selbst ihren Nummern, Abbildungen und Beschreibungen, schliessen Bl. 154 b, Z. 19: *cenna. Serapio.* Bl. 155 *Particula secunda. De | simplicibus laxatiuis li | * etc., Bl. 156 weiss, Bl. 157 a: *Capitulum primum. |* *Loepaticum* etc., schliesst Bl. 174 b, Z. 23: *de esula et prouocabunt asellationem*. Goth. Druck etc., Na druck der vorigen Ausgabe. (Hain n. 8446, Pritzel n. 11869.)

**Passau** *(Patauiae)*? kl. 4.

Dieselbe Einrichtung wie in den frühern Passauer Ausgaben, auch dieselben Typen; die Kräuter schliessen Bl. 154b, Z. 18: *menstrua. Pandecta. Auicenna. Serapio.* Das ganze Werk schliesst Bl. 174b, Z. 23: *res de esula et prouocabunt assellationem.* — *(Hain n.* 8447 nach einem Exemplare, welchem die ersten 4 Bl. fehlten, daher Ort und Jahr nicht bestimmt werden konnten.)

**Vicenza** 1491. 4., bei Leonard von Basel und Wilhelm von Pavia, 27. October.

Bl. 2a beginnt der Prologus; dieses Blatt ist zum Theil von Holzschnittverzierung eingefasst, oben sitzen im Gespräch bei einander Arnoldus de Novavilla und Avicenna; hierauf die Abbildungen und Beschreibungen der 150 Pflanzen, welchen Bl. CLb die Schlussschrift folgt: *Finiunt Liber vocatur herbolarium de virtutibus herbarum. Impressum Vincentiae per Magistrum Leonardum de Basilea et Guilielmum de Papia Socios Anno salutis M. CCCC. lxxxi. die xxvii mensis Octob. Deo. Gratias.* Zu Ende des Ganzen: *FINIS. Deo gratias.* Runde Schrift mit Sign. *(Panzer ann. typograph. III.* 520, *Hain n.* 8451, *Pritzel n.* 11870.)

\* **Venedig** 1499. 4., bei Simon von Pavia genannt Bevilacqua, 14. Decemb.

Titel (Bl. 1a): *Inicipit Tractatus de* | *virtutibus herbarum* |, Bl. 2a ist der Holzschnitt der vorigen Ausgabe, Arnoldus und Avicenna vorstellend, weggelassen, aber dessen Unterschrift stehen geblieben, daher beginnt dieses Blatt mit der Ueberschrift: *ARNOLDI de noua uilla Auicenna,* darunter die Vorrede: *ROGATV plurimorum inopum* | *nummorum egentium appote-* | *cas* etc., schliesst Bl. 2b, Bl. 3a: *PONDVS MEDICINALE in figuris* etc., darunter beginnt das Verzeichniss der 150 abgebildeten Pflanzen, welches Bl. 4b schliesst: *cl. de Venea.* | *Finis.* Hierauf folgen von Bl. 5a bis mit Bl. 154b die Abbildungen und Beschreibungen der Pflanzen, schliessen Z. 22: *Pandecta. Auiccenna. Serapio.* Bl. 155a: *Particula secunda de sim* | *plicibus laxatiuis linitiuis* etc. Bl. 156a: *Capitulum primum.* | *ALoepaticum* etc. Das ganze Werk schliesst Bl. 171b: *res de esula et prouocabunt assellationem.* | *FINIS* | *Finiunt Liber vocatur Herbolarium de uirtutibus herbarum.* | *Impressum Venetiis per Simonem Pa* | *piensem dictum Biuilaquam Anno Do-* | *mini Jesu Christi.* 1499. *die. xiiii. Decembris.* |, hierauf Lagenregister. Runder Druck mit Sign. *A, a—x,* 171 Bll., 28, 27, 37 Zeil. Die deutschen Namen fehlen hier ganz; die Abbildungen sind neu gezeichnet, gut, zum Theil sehr naturgemäss; der Schnitt ist mittelmässig, ohne Schraffirung mit einziger Ausnahme von N. 124, einige Abbildungen haben Boden und einiges Beiwerk, so N. 4, 39, 55, 74 (dieselbe Abbildung wie 4), 104; die Ordnung der Pflanzen ganz die der Mainzer Ausgabe, die Umstellung von N. 28, 29, 30 *(bursa pastoris, berberis, baselicon)* ist nicht vorhanden. — Diese Venediger Ausgabe ist dieselbe, welcher Hain n. 1807 den unrichtigen Titel giebt: *Arnoldus de Villa noca de virtutibus herbarum seu Avicenna,* es ist nichts Anderes als der Mainzer Herbarius *(Panzer ann. typ. IV.* 452.), sie findet sich in der Bibliothek der chirurgisch-medicinischen Akademie zu Dresden.

**Venedig** 1502. 4., bei Christoph de Pensa, 4. Juli.

Titel: *Incipit tractatus de virtutibus herbarum.* | *Arnoldi de noua villa Auicenna. Imbressum Venetiis per christophorum de pensis anno domini nostri Jesu Christi* 1502, *Julius, die vero 4.;* Vorrede: *Rogatu plurimorum inopum* | *nummorum egentium appote* | etc. Mit Holzschnitten. *(Pritzel n.* 11871.)

**Venedig** 1509. 4., bei Giovanni und Bernardino Rosso, Brüder aus Vercelli.

Mit der Schlussschrift: *Venetiis per Jo. Rubeum et Bernardinum, fratres Vercellenses.* und Holzschnitten. *(Bibl. Rivin. n.* 6397, *Pritzel n.* 11872.)

# Uebersetzungen.

## a. plattdeutsche:

**Ohne Ort** (1483, 1484), 31. Juli.

Beginnt: *Hyr heuet sick an dat register desses bockes schone vnde suuerlick,* hierauf eine kurze Vorrede, an deren Schlusse: *Is ghenœcket dyt bockelin dat dar mach byldelicken heten prumptuarium medicine, dat is en beredichegt der artzedie;* dem folgt eine Liste von 44 Schriftstellern, aus denen der Sammler geschöpft, unter denen auch *Zocrates philosophus,* hierauf 6 Bil. Register, 120 Bll. Text mit Seitenzahl (Blattzahl?) und Signatur; Schlussschrift: *Finitus est iste libellus herbarius Anno Dmni Millesimo quadringentesimo octuagesimo tertio, in vigilia sancti petri ad vincula.* Goth. Druck in 2 Coll., ob Abbildungen dabei sind, wird nicht angegeben. Diese Beschreibung steht in: Allgemeine deutsche Bibliothek Band 92, S. 534, abgekürzt in Panzer's Annalen der älteren deutschen Liter. I. Zusätze 49. Ob dies wirklich der Herbarius Moguntinus sei, der niemals den Titel *Promptuarium medicinae* geführt hat und immer Abbildungen hatte, ist zweifelhaft, auch die Richtigkeit des Jahres 1483 bezweifelt *Trew catal. II. n. IV.* 21 und will dafür 1484 lesen; leicht kann es ein vom Mainzer Herbarius verschiedenes Werk sein.

### b. belgische:

**Ohne Ort** 1484. 4. (Cuylenborch bei Joh. Veldener?)

Titel: *Een Herbarius of Kruydboek.* Man schreibt diese mit Holzschnitten versehene Ausgabe dem Johann Veldener, der früher zu Löwen, dann zu Cuylenborch *(Culemburgi)* in Geldern druckte, aus dem Grunde zu, weil zwei Holzschnitte aus dem *Spieghel onzer behoudenisse*, den er daselbst 1483 druckte, zu Ende des Herbarius vorkommen. Diese Ausgabe des Herbarius ist wohl dieselbe, welcher Trew die Schlussschrift giebt: *Ghemaeckt int iaer ons heeren m cccc en lxxxiiij;* sie hat einen besondern *Prologhe de ouersetters vyt den Latyn in dyetsche,* woraus schon hervorgeht, dass der Herbarius nicht niederdeutsch oder belgisch, sondern lateinisch zuerst verfasst wurde. Goth. Druck ohne Sign. und Blattzahl, 7, 163 und 36 Bll., die Pflanzennamen belgisch. *(Trew catal. II. n. III.* 7., *Panzer ann. typ. I.* 353, *Ebert n.* 9460 *not., Hain n.* 8449, *Pritzel n.* 11873.)

**Antwerpen** 1511. 4., bei Gottfried Back.

Angeführt von Ebert n. 9460, Note.

### c. italienische:

* **Venedig** 1536. kl. 8., gedruckt bei Francesco di Alessandro Bindone und Maffeo Pasini; im Juni.

In dem hier benutzten Exemplare dieser seltenen Ausgabe fehlt das erste Blatt, daher der Titel nicht angegeben werden kann. Bl. 2a (Sign. † ij) ein Vorwort des Herausgebers der schon früher edirten Uebersetzung: *Quanto sia necessaria la cognitione delle her-| be cussi a conseruare la sanita come a -recupe-| rarla quando he persa. Certamente notissima | cosa he: non solamente alli huomini litterati:| ma anchora communemente a tutte le conditione de huo-| mini: per laqual cosa questo io cognoscendo ho voluto a | questo Herbolario aggiongerui alcune herbe di nouo ri-| trouate et utile allo vso della medicina con le sue virtu:| e proprieta come chiaramente quelle leggendo intender | potrai. Il nome e numero delle quale he questo. | Argentina ouero serpentina | Bonifacia | Balsemina ouero momordica | Cardo benedetto ouero carlina | Carduncello ouero speluzosa | Coralina | Citrac | Galega ouer lauaman | Gratiola | Imperatoria | Lunaria grassula | Herba paris | Pelosella | Palmachristi | Stellaria | Serpentina ouer tuciola | Trinitas | Terzolla | Turca ouer tunici.|,* somit 19 zu dieser neuen Ausgabe der Uebersetzung hinzugekommene Pflanzen. Bl. 2b die alte Vorrede des Uebersetzers: *Alli lettori salute. | Non si puote o mio lettore le cose de nostri anti-| qui senza* etc., schliesst Bl. 3a: *lui mediante in tempo da me hauerai.,* wie wir sie bereits oben mittheilten. Nach deren Schluss folgt die Uebersetzung der Vorrede des Verfassers: *Prologo de lo Auttore. | MOsso da priegi de molti poueri quali per incom-| modita di danari restano de andare alla botte-| ga* etc., schliesst Bl. 3b: *da | essi: le quale tutte cose serueno alle opere de questa pratica.,* eine treue Version von dem alten Vorworte: Rogatu plurimorum inopum etc. deseruire habent., die Erklärung der Apothekergewichte ist weggeblieben, dafür etwas über die Grade der Arzneien: *Nota che li gradi — humido e secco.* Bl. 4—7 ein alphabetisches Register nach den Arzneien, Bl. 8—12 ein solches nach den Krankheiten. Bl. 13—181 (Sign. A—Y) der eigentliche Text der ersten Abtheilung, die Beschreibung und Abbildung der Pflanzen enthaltend, in 168 oft falsch bezifferten Capiteln *(Aaron-Vsnea),* für jede Pflanze ist Ein Blatt bestimmt; Bl. 182, 183 das Capitel von Wein und Essig mit Abbildung eines Kellers. Bl. 184—200 (Sign. Yiiii — AAii) die übrigen 6 Abtheilungen ohne Abbildung: *Incomincia la seconda parte. | De lo Aloe epatico* etc., schliesst Bl. 200a: *di sopra ponendo poluere de esuta. | Fynisse lo libro de le virtu de le herbe a laude | de lo eterno Dio.,* hierauf Lagenregister, Schlussschrift: *Stampato in Vinegia a santo Moyse al segno de | Langelo Raphaello, Fer Francesco di Alessan | dro Bindone, e Mapheo Pasini, compa | gni. Del mese di Giugno. Lanno | MDXXXVI,* ohne Druckerzeichen. Die Stöcke der Abbildungen sind meistens die für die Venediger Ausgabe von 1499 schon benutzten, bei manchen ist der schadhafte Stock ausgebessert oder umgeschnitten worden, etwa 18 haben eine ganz umgezeichnete verschiedene Abbildung erhalten; neu hinzugekommen sind die Abbildungen der 19 oben aufgeführten Pflanzen, von welchen man *Argentina* als *Ophioglossum vulgatum, Bonifacia* als *Ruscus aculeatus, Balsemina* fast als ein *Geranium, Cardobenedetto* als *Carlina vulgaris, Carduncello* als eine *Pieris, Coralina* als *Corallina ufficinalis, Citrac* als *Ceterach officinarum, Galega* als eine solche, *Gratiola* als *Gratiola officinalis, Imperatoria* als *Imp. Ostrutium, Lunaria* als *Osmunda lunaria, Herba paris* als *Paris quadrifolia, Pelosella* als *Hieracium pilosella, Palmachristi* vielleicht als eine *Orchis, Stellaria* als eine *Potentilla, Trinitas* als *Anemone hepatica* ansprechen kann, während *Serpentina, Terzolla* und *Turca* schwer zu deuten sind. Abgesehen von diesen Vermehrungen sind die Pflanzen ziemlich dieselben, wie im Herbarius Moguntinus, nur treffen, der Zusätze wegen die Nummern nicht überein, so ist *Aaron* allen andern Pflanzen vorausgeschickt, worauf erst *Assentio (Absinthium)* folgt, zwischen *Melilotus* und *Maiorana* ist *Mele,* Honig, eingeschoben mit einer Abbildung (zwei Baumstämme mit Bienen), hinter *Usnea* folgt *De lo uino et aceto,* welches Capitel dafür in der vierten Abtheilung, wo es hinter *Poma granata* stehen sollte, fehlt; es hat eine Abbildung: einen Keller mit 2 Flaschen und 3 Fässern. Sämmtliche Stöcke sind etwas abgenutzt, Zeichnung und Schnitt von ungleichem Werthe, zum Theil blos rohe Conture, zum Theil mit wechselnder Linienstärke, zum Theil mit einfacher Schraffirung. Runder Druck von 200 Bll. mit Sign., ohne Blattzahl und Custos; wird nur selten aufgeführt, so bei *Trew catal. III.* 13, und bei *Haller bibl. botan. I. p. 230, 239,* doch nicht nach eigener Ansicht.

**Venedig** 1539. breit 8., bei Johann Maria Palamides, 31. Juli.

Titel: *Herbolario volgare: nel quale si dimostra a conoscer le herbe: e le sue virtu: e il modo di operarle: con molti altri simplici: di novo venute i luce: e di latino in volgare tradutte etc.* Schlussschrift: *Stampato in Venetia con somma diligentia: per Giovanno Maria Palamides.* 1539. *a di ultimo Jugio;* 10 und 150 ? Bll. mit Holzschnitten *(Aaron overo Serpentaria — Usnea.)* Wahrscheinlich führt schon die vorige Ausgabe den hier aufgeführten oder einen ähnlichen Titel. *(Pritzel n. 11874.)*

**Venedig** 1540. 8., bei Joh. Maria Palamides.

Titel: *Herbolario volgare, nel qual è le vertu delle herbe e molti altri semplici si dechiarano, con alcune belle aggionte novamente de latino in volgare tradutto.* Schlussschrift: *Stampato ne la inclita citta di Venetia con accuratissima diligentia per Giovanni Maria Palamides nel anno MDXL.,* 181 Bll. mit 150 Holzschnitten. *(Pritzel n. 11875.)* In der K. Bibliothek zu Paris.

Von den datirten Drucken ist sonach die Ausgabe: M a i n z 1484. 4. die älteste, doch führt Panzer *(annal. typogr. II.* 141*)* und nach ihm Hain (*n.* 8443) unter den Mainzer Drucken eine gothisch gedruckte Ausgabe O h n e J a h r 4. an, welche der Schöffer'schen ähnlich und vielleicht älter sei, sie hat 150 Abbildungen mit lateinischen und deutschen Benennungen. Von den Ausgaben O h n e O r t u n d J a h r 4. erwähnt Pritzel eine in der Königl. Bibliothek zu Berlin befindliche mit dem Titel: *Herbarius in latino cum figuris,* 176 Bll. und eine andere ebendaselbst befindliche mit Holzschnitten versehene, mit dem Titel: *Herbarius* und einem Wappenschilde mit dem Löwen *(thesaur. lit. botan. n. 11867 not.).* Nach eigener Ansicht beschreibt Hain (*n.* 8448) eine Ausgabe in 4., deren Ort und Jahr nicht bestimmt werden konnte, da die ersten 5 Bll. dem Exemplare fehlten, sie ist in der Einrichtung ganz der Mainzer ähnlich, gothisch gedruckt, 4, 150 und 20 Bll., mit Holzschnitten, Bl. 6 a *Abratanum stawortz,* Bl. 157 a *Capitulum Primum,* ( ) *Loepaticum* etc., Bl. 174 b Z. 33 *prouocabunt assellationem,* folglich ein von dem Mainzer verschiedener Druck, angeblich mit Reyser'schen Typen; es druckte aber Michael Reyser (Ryser) zu Eichstädt von 1478 bis 1494, Georg Reyser ebendaselbst bis 1479, von da an in Würzburg bis wenigstens 1503. — Die angeblich in der Hulthem'schen Bibliothek zu Brüssel befindliche von Pritzel a. a. O. genannte Ausgabe von 1473 ist wohl zu bezweifeln.

# Conrad von Megenberg, Buch der Natur.

Das Buch der Natur kündigt sich in der Vorrede als eine Compilation aus älteren nichtärztlichen und ärztlichen Schriften an, welche lateinisch geschrieben war und durch CUNRAT VON MEGENBERG ins Deutsche übersetzt worden sei. So findet sich der Name in den älteren Ausgaben, in der von 1499 steht er noch eben so in der Vorrede, an andern Stellen aber auch Mengerberger, wo die älteren Ausgaben Megenberger haben; Conrad von Megenburg heisst er in einer Klosterneuburger Papierhandschrift des XIV. Jahrhunderts, *Cod.* 676 (Serapeum 1850, S. 125), ferner kommt Mengelberger und Mengenberger vor und es werden selbst die Namen Conrad von Maidenburg oder Maidenberg, *Conradus de monte puellarum*, damit zusammengestellt *(Fabricii biblioth. lat. med. et infimae aetatis, ed. prior I. 1172 sq.)*, was leicht ganz verschiedene Personen sein können. Dass übrigens Megenberg der Name eines Ortes sei, von welchem der deutsche Bearbeiter sich nennt, erhellt aus dem Capitel von den Rüden *(molossi)*, wo er sagt:

*das hab ich selbs geschen von unsern rüden zu Megenberg und anderswo* (Ausg. 1499, Sign. i, iij).

Fälschlich wird auch der Name Megtenberger oder Meydenberger einem fränkischen Arzte beigelegt, der sich *Ortolff von Bayrlandl* nennt und ein Arzneibuch schrieb, welches zuerst Nürnberg, bei Anton Koburger, 1477, fol. gedruckt wurde, s. *Hain n.* 12112, *Ebert n.* 15287; der letzte Theil dieses Werkes ist nichts anderes, als der Abdruck des X. Buches aus dem Buche der Natur *(von den Kräutern)*, und da sich in diesem Megenberg mehrmals nennt *(ich Megenberger)*, so hat man dies unrichtig für den Namen des Verfassers von Ortolffs Arzneibuch gehalten. Sprache und Schreibart ist etwas verschieden, auch fehlen bei Ortolff die 10 Capitel: *Honigror (Cannamellis)*, *Wantzelkraut (Coriandrum)*, *Kampffer (Camphora)*, *Schwammen (Fungi)*, *Nappelkraut (Napellus)*, *Kresselkraut (Orpinum)*, *Weidkraut (Sandix)*, *Geisuenchel (Siler montanum)*, *Veltyspen (Saturegia)*, *Wicken (Vicia)*.

Dass Cunrat von Megenberg seine Uebersetzung im Jahre 1349 geschrieben, geht aus dem Capitel von dem Erdbeben *(erdpidem)* hervor, in welchem von einem i. J. 1348 zu Villach in Kärnthen am Tage Pauli Bekehrung erfolgten Erdbeben, dann aber von der Epidemie des schwarzen Todes die Rede ist und dabei gesagt wird, dass gegen der Sterndenter Prophezeihung das Sterben bis nun in diesem 1349sten Jahre noch fortdauere (Ausg. 1499, Sign. g, j^b). Andere Angaben über die Lebensverhältnisse finden sich in dem Capitel von den Kometen oder geschöpfften (mit Schopf versehenen) Sternen: es wird hier erzählt, dass der deutsche Bearbeiter i. J. 1337 einen Kometen zu Paris gesehen habe, der über vier Wochen gestanden, worauf zu Kaiser Ludwig IV. Zeiten in dem Kriege zwischen Frankreich und England *künig Johannes von behem jun erschlagen ward vnn vil erber ritterschafft* (Johann der Blinde fiel in der Schlacht bei Crecy 1346, Ludwig starb 1347). Auch kennt der Uebersetzer das Feuergewehr, in dem Capitel vom Donner heisst es:

*so stoszt der dunst dye kelltin noch vester herwider das geschicht so lang das er so gar schnell wirt hernyder geworffen als ein geschosz das man ausz der büchassen scheusset,* wie denn in der Schlacht bei Crecy Feuergewehr gebraucht wurde. Es ist somit das Jahr der Abfassung des deutschen Werkes 1349, nicht 1389, wie man auch angegeben hat. — Eine zweite Angabe für die Zeit der deutschen Bearbeitung und zwar ebenfalls das Jahr 1349 als solches nennend, findet sich in dem Capitel *Bruder Byro, plumalis avis.* Hier ist von den Flagellanten als Ketzern die Rede:

> *Sam heur geschach da man zalt von cristus gepurt dreyzehen hundert jar darnach in dem neun und viertzigosten jar. Da stünd ein volck auff das hiesz man dye geiszler. die schlügen sich mit geiszeln also nackent vnd fielen auff jr brust vnd namen jr vil ein meyster etc.,*

worauf der an den Bischoff von Augsburg gerichtete Hirtenbrief Pabst Clemens des VI. wider die Geissler mitgetheilt wird; Clemens regierte von 1342 bis 1352.

Der deutsche Bearbeiter soll in Baiern gelebt haben und zwar giebt man Regensburg an; er selbst nennt bei den Flüssen zuerst als gegen Morgen fliessend: *Nab, Regen, Iser, Tunaw,* dann als gegen Abend fliessend: *Reyn, Roden* (Rhone); bei den Winden wird gesagt, dass der Nordwind komme aus Sachsenland her von Pommern, der Ostwind durch Ungarn und Preussen her. In dem Capitel vom Regen wird erzählt, dass die Kellheimer eine hölzerne Capelle über einen rothen Wasserfluss an der Donau oberhalb Regensburg gebaut hätten; in dem Capitel von dem Regenbogen, dass er selbst einen weissen Regenbogen *in dem ryesz bey der stat Nörlingen* gesehen habe.

Aus vielen Stellen geht hervor, dass er ein Geistlicher gewesen sei und zwar, sagt man, ein Chorherr zu Regensburg; in dem Capitel von den Bienen wird eines Domstiftes und seiner Chorherren gedacht:

> *bey den binen verstee ich einen yetlichen thum (Dom) da ein bischoff weisel ist der korherren mit witzen vnd mit allen tugenden vnd in die bin das seind (die korherren gehorsam sind) mit allen sachen, die leyden vnder jn nit mere dann ein haubt — das jr gotzhausz verdürb darumb wöllen sy das best Ach got wie wenig der binen zu vnsern zeyten ist es seind all bin zu wefflzen (Wespen) vnd zu hornis worden etc.*

und ähnlich in dem Capitel von dem Vogel Diomedea, Küngsvogel:

> *also soll in einem yegklichen Conuent sein ein haubt dem man nach folg an witzen vnd der an gewalt zwingt. der zweyer (nämlich Witz und Gewalt) ist not in einer yegklichen gemein.*

Ueberall und namentlich in den Büchern von Bäumen, Kräutern, Thieren und Steinen werden moralische und theologische Betrachtungen angeknüpft, nicht immer zum Lobe der Geistlichen, so heisst es in der Einleitung zu den vierfüssigen Thieren:

> *also sind leyder die leut auff erden die grosz würdigkeyt haben als Bischoff Pröbst vnd ander prelaten die wenig frücht bringent mit predigen vnd mit andern guten werken,*

im Capitel von dem Esel:

> *ich sprich auch das der Esel vornen do er kranck ist ein creutz tregt auff dem rugken. vnd hinden do er die nyeren tregt do ist er stark. Also thund wir üppigen pfaffen. do wir das creutz söllen tragen mit vasten vnnd mit beten vnd andern göttlichen diensten do seind wir leyder kranck. Aber do wir vnkeusch vnd alle enfür (Unart) tragen do seyen wir starck,*

in dem Capitel von dem Thier Duran:

> *bey dem thier verstehn wir dye weltlichen leut die jr pfarrer vnnd jr prediger mit gaben überwindent (bestechen) das sy es jre boszheyt treyben lassen,*

in dem von dem Thier Lamy oder Lamia:

> *verr (viel) scherpffer vnd grymmer sind unser Prelaten. Bischoff. Bröbst. vnd Techant die jren vnderthanen das geleych brot das ist gottes wort nit bietent vnd hinderent die die jn es geren büten vnd gäben,*

in dem Capitel von den Capaunen:

> *bey dem schreyber versteen wir vnser prelaten vnd ander pfaffen die seind vnberhafft (unfruchtbar) in geystlichen wercken. wann sy machen nit geystliche kinder. wölt gott das sy der leyplichen auch nit machten. die singent jr zeyt (Horen) nit. wölt gott das sy die sprechen mit andacht. vnd wölt das sy nit welltliche lyeder*

*zungen. So singt der ein frawen lob. der ein marner der ein starcken poppen.* (Drei damals bekannte Dichter, vgl. Wachler Vorlesungen über die Geschichte der deutschen Nationallitteratur, 2. Aufl. I. S. 111; Mone Anzeiger für Kunde der teutschen Vorzeit, VIII. 1839, S. 379, 613.) *Der poppen ist so vil worden das sy der gotzheuser gut vnd ere verpoplent — — darumb seind sy zu nichten nütz dann in des teufels küchin etc.,*

in dem von dem Vogel Lentz, Lucina:

*bey dem vogel verstee ich die lerer. die mitt worten vnd mit wercken jr junger lebendig machent in gutten wercken vnd schickent sy in das ewig leben. Aber leyder vnser lerer sagent vns weiss vnd sy wüirckent schwarz;*

in dem Capitel von dem Pfau wird der echte und pflichtgetreue Bischoff mit diesem Vogel verglichen, zuletzt heisst es:

*ich fürcht aber leider das ausz den pfawen oft rappen (Raben) werden. das musz gott erbarmen.*

Für den geistlichen Stand des deutschen Bearbeiters spricht noch, dass er selbst erzählt, er habe früher einen lateinischen Lobgesang der Maria gedichtet, in welchem er deren Tugenden mit den zwölf auserwählten Edelsteinen verglichen habe; der Anfang war: *Ave virgo praegnans prole* und ein späterer Vers: *Tu saphirus sanctae spei* (s. die Capitel Amethyst, Chalcedon und Saphir), wie denn in den moralischen Betrachtungen immer ganz besondere Verehrung Maria's an den Tag gelegt wird. Mehrfach wird erwähnt, dass sich aus dem und jenem Gegenstande der Naturgeschichte eine gute Predigt würde machen lassen, so zu Ende des Buches von den Würmern:

*vnd wissend einfältig pfaffen nit vil davon die doch vil guter. predig davon machen ob (wenn) sy der thier natur erkannten.*

Dass der deutsche Bearbeiter nicht Arzt war, scheint aus dem Capitel von der Nieswurz hervorzugehen, wo es heisst:

*wie man es aber nemen soll das lerent die ertzte;*

er war mehr Naturfreund und zwar ist er am meisten in der allgemeinen Naturlehre zu Hause, wie er denn auch selbst sagt, dass er ein Buch über die *Sphaera*, also über mathematische Geographie, in deutscher Sprache geschrieben habe, so in dem Capitel von den 7 Planeten:

*wann wer davon wöll wissen der lesz das teutsch buch das ich hab gemacht von der gestallt der welt. vnd heysset die teutsch Spera vnd hebt sich an fleusz in mich aller genaden runst. da vindet man vil hüpscher ding inn.*

Dieses Buch Megenberg's, die deutsche Sphära, hat somit eine poëtische an Maria gerichtete Einleitung und soll angeblich eine deutsche Bearbeitung von dem um 1256 verfassten Werke des Johannes a Sacrobusto (Sacrobosco) *Sphaera materialis* sein; es wird nochmals im Buch der Natur erwähnt in dem Capitel vom Erdreich:

*wie viel meyl das erdtrich hab an seinem vmkreysz. vnd wie dick es sey das vindet man in meiner teutschen sper. vnd worumb es vns dervnser nit auff den hymmel fall;*

aus oben gedachtem Grunde hat auch in dem Buch der Natur das zweite Buch, von dem Himmel, den Elementen und Meteoren, die umständlichste Erzählung, das selbstständigste Urtheil und die wenigsten moralischen Betrachtungen; in den naturhistorischen Büchern ist mehr aus andern Schriften entnommen und das Eigene ist meistens moralischen und theologischen Inhalts.

Der deutsche Bearbeiter giebt übrigens selbst sein Buch für eine Uebersetzung aus dem Lateinischen aus. Zuerst wird das lateinische Original erwähnt in dem Capitel vom Ueberfall (Epiglottis):

*vnd spricht das buch das ich zu teutsch hie mach etc.,*

eben so mehrmal im Capitel von den Adern, im Capitel von dem Mond; dann in dem vom Regenbogen und vom Erdreich, von dem Thier Furion, vom Lentbaum; auch mit den Worten:

*spricht vnser buch zu latein,* oder auch blos *unser buch,*

so in der Einleitung zu dem Buche von den Steinen. Dass der deutsche Bearbeiter das lateinische Buch nicht blos übersetzt, sondern auch vermehrt und berichtigt, geht aus mehrern Stellen hervor, so in dem Anfang des zweiten Buches (vom Himmel etc.):

*ich lasz (verlasse) des buchs ordnung zu latein wann (denn) es ist hie gar ungeordnet,*

im Capitel von der Luft:

*von den allen wöllen wir sagen so wir kurzest mügen wie das sey das daz lateinisch buch hie hinck (hier hinke),*

im Capitel vom Donner:

*es spricht vnser buch das der doner oder den plitzen nyemandt schad der jn vor der hör (vorher hört) wärlich das dunkt mich ein leychter spruch on all meysterschafft wann vnser fürsehen das hilfft nit dazu etc.,*

darauf gleich noch eine Stelle des Buchs, welche widerlegt wird; sodann in dem Capitel von dem Hirsch:

*vnnd spricht vnser buch zu latein — werlich daz bedunckt mich gar wunderlich vnd gelaub es nit,*

und im Capitel von dem Schwan:

*aber das buch hat zu latein — das ist kein syn darumb hat der schreiber gefelt vnd soll sprechen etc.,*

im Capitel vom wunderlichen Baum, Arbor mirabilis:

*von dem baum vnd von den vordern (vorigen) sagt unser buch zu latein nit. ich han sy genommen ausz grössern büchern von der natur als ich willen hab zu thun an vil baumen vnd kreutern da zwinget mich zu gar guter will,*

in der Einleitung zu den Kräutern:

*nun magst du fragen eines desz das buch zu latein nit fragt. ob die kreuter ir krefft all haben von der müschung der vier element. So sprich ich nein etc.,*

im Capitel von dem Coriander oder Wantzelkraut:

*aber vnser buch saget anderst im latein von dem kraut des ich nit acht an dem stuck ich volge nach dem bessern,*

in dem Capitel von der Meusszwibel:

*vnd ist das buch falsch zu latein das do hat cepamaris das ist als vil als meertzwibel. es soll heissen cepamuris das ist meuszzwibel,*

in der Einleitung zu den Steinen:

*nun spricht das buch zu latein das die steine ir gestalt in der erden nement nach der schickung darin die stein wachsen vnd werden — Wurlich mit vrlaub zu reden das ist nit also — darum sprich ich Mengerberger (die älteren Ausgaben haben Megenberger) das der steine form vnd ir gestalt ist von sunderlicher sterenkrafft (Sternenkraft) — der sin des buchs mag nit besteen vnd ist gar kindisch zesprechen das got den steinen ir krefft geben hab on zwischenwürkende krefft der natur vnd den beumen vnd den kreutern ir krafft nit geben on der natur würckung — fürwar das ist gar ein einfeltiger sin — Vnd darumb sprich ich Mengerberger (Megenberger) das der almechtig got den steinen die krafft vnd tugent so sy habent gibt nach der natur lauff mit den zwischenwürckenden dingen oder krefften etc.,*

im Capitel von dem Stein Demonius:

*nit mer (als das Gesagte) hat das buch im latein von dem stein.,*

im Capitel vom Golde:

*also spricht das buch zu latein Aber also sprich ich nit gern wann (denn) es ist gar kaum war,* im Capitel von den wunderlichen Menschen:

*ein frag ist von wannen die wunderlichen menschen kumen die zu latein monstruosi heissen, ob sy von Adam seien kumen. Zu der frag will ich anders antwurten dann das buch zu latein antwurt vnd spricht — Nun sprich ich Mengerberger (Megenberger) das die wundermenschen zweierlei sind — Nun sagt das buch zu latein von dem vnd von disem vnder einander on alle ordnung dem will ich nun nachvolgen vntz (bis) on das ende,*

worauf die Abhandlung von den Wundermenschen folgt, bis zum Ende des ganzen Werkes. In der diesen letzten Abschnitten (von den Metallen, Wunderbrunnen und Wundermenschen) vorhergehenden Einleitung zum Techelsbüchlein:

*nun spricht der meyster disz buchs im latein das ich zu teutsch pring er wene das dem büchlein (Techel's) auch nit gar sey zu gelauben — aber der meister redet als ob die stein ire pild nur von kunst haben vnd nit von natur. Das ist nit war etc.;*

gleich darauf wird Albertus von dem Meister des lateinischen Buches als verschieden genannt, wie denn auch ein Zweifel, ob Albertus Magnus Verfasser des lateinischen Originals sei, in der Einleitung zu den Steinen ausgesprochen wird:

*vnd sprich ich Mengerberger (Megenberger) das ich zweifel ob magnus Albertus das buch hab gemacht zu latein oder nit. wann er in andern büchern verr (weit) anderst red von den dingen dann das buch sagt, (es sei denn) er hab es gemacht in der iugent ee dann er sein eigen sinn hab gefolget wann (denn) das buch das ich aus dem latein in das teutsch gepracht vnd gemacht hab das ist ein gesamnet (gesammelt) ding der alten meyster als der meister selb bekennet an dem end disz buchs,*

so dass das lateinische Original selbst nur eine Compilation aus älteren lateinischen naturkundigen Schriften gewesen zu sein scheint. Hiermit stimmt auch die Vorrede des deutschen Werkes überein, welche in allen Ausgaben hinter dem Inhaltsverzeichnisse steht, und leicht auch von dem ersten Drucker des Werkes, Bämler, redigirt sein kann, s. dieselbe in der Beschreibung der Ausgaben. Nun kann man zwar bei der Frage nach dem Verfasser des lateinischen Originales deshalb zunächst an ALBERTUS MAGNUS (1193—1280) und an dessen naturkundige Schriften denken oder an solche, die damals diesem Manne zugeschrieben wurden (vgl. Janus I. 127 fg.), weil dem deutschen Bearbeiter seiner eignen Angabe nach sein lateinisches Original für ein Werk des Albertus überliefert worden war; aber abgesehen davon, dass wenigstens die echten Schriften des Albertus nicht compilatorischer Art sind, auch eine über die ganze Natur sich verbreitende Compilation von ihm nicht bekannt ist, so wird Albertus auch mehrmal im Buche noch citirt, ohne dass des lateinischen Originales dabei gedacht wird; so im Capitel vom Erdbeben:

*also lernet (lehret) der meyster von der natur Auicenna vnd Albertus also sagt mir auch meyster Peytrolff hertzog Friderichs Cantzler in österreych daz auff einer hohen alben in kerenden (Alp in Kärnthen) wol funfftzig haubt menschen vnd rinder zu stainen worden waren etc.*

und in dem Capitel Mirca, Birke:

*Albertus spricht über ein buch hat Aristotiles gemacht von wachsenden dingen, als beum vnd kreüter seind,*

eben so wird Albertus genannt in dem Capitel vom Salamander, vom Delphin, vom Aal und vom Maulbeerbaum, auch wird des Albertus Buch von den Edelsteinen und dessen Libri physicorum citirt, wozu noch kommt, dass Megenberg selbst das Original als verschieden von Albertus angiebt und letztern als Verfasser desselben bezweifelt.

Weit eher als an Albertus Magnus kann man an dessen Schüler, den Professor zu Löwen THOMAS CANTIPRATENSIS, geb. zu Leeuw St. Peter bei Brüssel 1186, gest. 1263, Canonicus zu Cantinpré, denken, welcher eine grosse naturkundige Compilation *de rerum natura libri xx* verfasst hat, die auch bisweilen unter dem Namen des Albertus Magnus vorkommen soll. Es wird sich hierdurch erklären, wie der deutsche Verfasser des Buchs der Natur den wahren Namen des Compilators nicht kennt, da das lateinische Original

Murr's Journal zur Kunstgeschichte Theil 10, Seite 239 fg.
die Encyklopädieen des Vincenz von Beauvais († 1264 —
Glanvilla (um 1340), denken dürfen, da erstere viel zu umfa
erem und allgemeinerem Plane verfasst ist, vielleicht auch
eiter zu neu war, um in seine Hände zu gelangen.

Es scheinen aber dem deutschen Bearbeiter mehrere I
hs vorgelegen zu haben, denn zu Ende des Capitels von
er:

*n habent die prunnen ein end nach des buchs sag in dem latein. vnd da*
*ticurtet (überantwortet) ward. vnd das mich mein gar gut freunt gebeten*
*ingen). das hab ich mer dann den dritten teil gemert vnd den sin erleuch*
*noch ein buch im latein derselben ley (derselben Art). das hat noch eine*
*nderlichen menschen. das will ich in freuntschafft auch hertzu setzen. vnd*
*mügen zu versteen geben. wann zwar ich geb gern hette ich icht (denn ic*

uf dann dem Versprechen gemäss noch ein Capitel von d
ern und Menschen folgt. Dass er das lateinische Werk v
schen vermehrt habe, kann man ihm wohl glauben.

Die Oekonomie des Buchs der Natur ist folgende: D
ke: 1. vom Menschen, 2. vom Himmel, 3. von den Thier
on den Kräutern, 6. von den Steinen, 7. von den Metalle
nen und Menschen; von dieser Eintheilung finden sich mehr
her dieser Stücke. Da aber das Buch von den Thieren in
Landthiere, Vögel, Meerwunder, Fische, Schlangen, Würmer
llen mit dem von den Steinen zu Einem vereinigt wird, so
n oder Bücher heraus. Diese Eintheilung in 12 Bücher
in der ältesten Ausgabe, Augsburg 1475, welche der Nürn
s und ist auch in der Ausgabe Augsburg 1499 noch beibehalt
folgende:

Das I. Buch. Vom Menschen, einige Anatomie und P
gnomisch zuletzt

und Honigthau, vom Lagdanum oder Himmelsfladen (offenbar das ehemals officinelle *Ladanum*, welches gesammelt wird, indem man Lederriemen über die Sträuche von *Cistus Creticus* zieht, an welchen es hängen bleibt), Nebensonnen, Regenbogen und von dem Erdbeben. In diesem Buche scheint der deutsche Verfasser am selbstständigsten zu sein.

Das III. Buch. Von Landthieren, darunter auch fabelhafte, wie *Bonachus* mit Ochsenkopf und gewundenen Hörnern, übrigens wie ein Pferd gestaltet, *Cathus*, das Flammen aus dem Halse speit, *Pilosus*, oben als Mensch, unten als Thier gestaltet, Einhorn; 68 Artikel.

Das IV. Buch. Von den Vögeln, darunter auch von der Harpye mit Menschenantlitz, vom Fenix, vom Greif, vom Porfiri mit Einem Fuss zum Schwimmen und Einem zum Gehen, von der Fledermaus; 71 Artikel.

Das V. Buch. Von den Meerwundern, viel fabelhafte Thiere, aber auch das Krokodil, der Seehund, das Flusspferd, der Schwertfisch, der Stincus; 20 Artikel.

Das VI. Buch. Von den Fischen, darunter auch Krabbe (Meerspinne), Krebs, Schnecke, Auster, Scolopendra, Schalthiere, fälschlich *Testudo* genannt; von fabelhaften: *Goldwoll (aureum vellus)*, *Vipera marina*, eine gehörnte giftige Meerschlange; 29 Artikel.

Das VII. Buch. Von den Schlangen und anderen giftigen Thieren, wie Basilisk, Drache, Eidechse, Salamander, Scorpion, Schildkröte (*Tortuca*); auch wird einer sechs Schuh langen Schlange, Tysus, gedacht, die auf den Bergen bei Padua lebe; 37 Artikel.

Das VIII. Buch. Von den Würmern: Bienen, Spinnen, Kröten, Mücken, Schnaken, Canthariden, Hornissen, Ameisen, Ameisenlöwen, nackte Schnecken, Heuschrecken, Flöhe, Läuse, Frösche, Blutegel, Hausschnecken, Holzwürmer (*Teredo*), Motten, Maden, Wespen, Regenwürmer; fabelhaft Samiel oder Salomonswurm, Tapula, Spoliator, Celidonier; 31 Artikel.

Das IX. Buch. Von den Bäumen in zwei Abtheilungen: a. gemeine Bäume, inländische, b. wohlschmeckende (wohlriechende), ausländische. Unter den gemeinen oder inländischen erscheinen auch der Adamsbaum, der Paradiesbaum und wunderliche Baum, die das lateinische Original nicht haben soll, ferner der Lorbeerbaum, der Mastixbaum (Lentiscus oder Lentbaum), der Granatbaum, der Oelbaum, der Palmbaum, die Terebinthe, der Weinstock; 55 Artikel. Unter den ausländischen die meisten Gewürze, aber auch Aloe, Bdellium, Balsambaum, Koloquinthe, Capern, Traganth, Arabisch Gummi, Storax, Sandel, Weihrauch; 29 Artikel.

Das X. Buch. Von den Kräutern, darunter auch Safran, Campher, Pilze, Alraun, Narde, Reis, Zucker; Krapp wird *Sandix*, Weid, genannt und als rothe Färbewurzel bezeichnet, es wachse viel in Thüringen um Erfurt; 89 Artikel, so dass die Gesammtzahl aller Vegetabilien in diesem und dem vorigen Buche zusammen 173 ist.

Das XI. Buch. Von den Steinen, dann von den Metallen (*dem Geschmeide*): die Steine sind meistens Edelsteine, aber auch Asbest, Krötenstein, Coralle (Isis), Schwalbenstein, Cristall, Donnerstein, Schneckenstein, Wetzstein, Kalk, Mühlstein, Kiesel, Drachenstein, Blutstein (*Haematites*), Magnetstein, Spat (*Nitrum*), Succin, Lasurstein (*Lapis lazuli*); 85 Artikel. Dann folgt ein Capitel von den ergrabenen Steinen, die mit Bildern versehen sind (*do seind pild eingegraben*), hierauf das Techelsbüchlein über denselben Gegenstand (*büchlin eines grossen meisters in der iüdischheit der hiesz Techel*); dann von dem Geschmeide: Gold, Silber, Quecksilber (*kocksilber*), Auripigment (*gollleim*), Electrum (*kunterfey*), künstliches aus Gold und Silber gemacht, natürliches von gleicher Farbe aber besser), Kupfer, Messing, Eisen, Stahl, Zinn, Schwefel, Blei; 12 Artikel. Ueberhaupt also 97 Artikel: Steine und Metalle zusammen.

Den Anfang jedes dieser 11 Bücher macht immer eine allgemeine Einleitung über die betreffende Classe der Gegenstände (*Von — in einer gemein*), dann folgen diese selbst; deren Ordnung ist in der Regel die der Anfangsbuchstaben der lateinischen Benennungen; die Ueberschrift der Capitel ist gewöhnlich die deutsche, der Anfang desselben die lateinische Benennung. Die Verdeutschung ist, wo sie nicht Volksausdruck ist, anscheinend von dem deutschen Bearbeiter selbst gemacht, was der oft vorkommende Ausdruck *mag heissen* andeutet; bisweilen fehlt die deutsche Benennung ganz. Vielfach zeigt die deutsche Benennung eine gute Kenntniss des Griechischen und Lateinischen, oft mangelt aber diese und dann wird der deutsche Name nach dem Wortklänge gemacht, so Arpia (Harpye) *erpe*, Ibis *Eyb*, Kiches *keich*, Crocodil *cocodrillus*, *kutschdrill*, Onocrotalus *vnkreutel*, Ludolachra *Lautlacher*, Stincus *Stich*, Seciabificus *Spetwist*, Castanea *Kestenbaum*, Lentiscus *lentbaum*, Speracus *sperhagen*, Taxus *dachsbaum*, Hyssopus *Isp* u. a. m. Auch die nach der griechischen und lateinischen Benennung etymologisch gebildete deutsche Benennung fällt oft wunderlich genug aus: so Ibrida (Hybrida) *zwydarm*, Coredulus *hertzfrasz*, Pellicanus *grawhätel* (Grauhaut), Abibes *auszgängel*, Cricos *Denckfuss*, Aureum vellus *goldwoll*, Scolopendra *hamfresz* (Hamenfresser), Chamaeleon *erdleo*, Pediculus *füszling*, Laurus *lobbaum* (von laus), Gummi arabicum *arabisch zeher*; oft auch ganz gut: Nocticorax *nachtrabe*, Jaculus *schoszschlange*, Stellio *sternschlange* etc. — Ueber die fehlenden deutschen Benennungen spricht er sich in dem Capitel Cirogroten also aus:

*nun magst du sprechen zu mir, du nämest (nennest) mir viel thier mit kriechischen worten die soltest du mir zu teutsch nemen (nennen) oder du bringest das lateinisch buch nitt recht zu teutsch. Das verantwort ich dir vnd sprich daz die thier vnd andere ding die in teutschen lannden nit sind nit teutscher namen haben. darumb thust du mir unrecht,*

und ähnlich in der Einleitung zu den ausländischen Bäumen:

*wachsen nicht in teutschen landen — darumb haben sy nitt teutsch namen. Wir heissen sy in teutschen zungen als man sy nennt in latein oder in ander sprach.*

Das XII. Buch. Von den wunderlichen Brunnen hat keine Abtheilung in Capitel; es wird von mehreren mit besondern Eigenschaften versehenen Quellen und Seen gesprochen, darunter auch von einem versteinernden Quell *in dem kalten lannd Norbeya* (Norwegen), den Kaiser Friedrich habe durch eine Gesandtschaft versuchen lassen. Als Anhang hierzu ein Capitel von wunderlichen Menschen, in der Art wie Plinius lib. VII, abweichend gebildete oder auffällig gesittete Völkerschaften, darunter auch Pigmäen, Cyklopen, Amazonen und anderes Fabelhafte, aber auch die *Bragmani* am Ganges durch Unschuld und Sitte ausgezeichnet und im Lande Burgundia Frauen mit grossen Kröpfen.

Altdeutsche Glossen aus Conrad von Megenberg nach der Handschrift aus St. Blasius zu Karlsruhe, N. 53, XV. Jahrhundert, s. in Mone's Anzeiger für Kunde der teutschen Vorzeit VIII. 1839, S. 494, und Auszüge aus dem Buch der Natur nach derselben Handschrift ebendas. S. 612 fg.

Citirte Schriftsteller sind ausser den Büchern der Bibel, Kirchenväter und kirchliche Schriftsteller; griechische und lateinische Classiker: Hippokrates, Aristoteles, Democritus, Dioskorides, Galenus, Plinius, Solinus, Seneca, Lucanus, Martialis (dessen Epigramm XIII. 94 im Capitel von den Dammen übersetzt wird), Boethius; arabische Schriftsteller: Avicenna, Rhazes, Isaac der Jude und die Sternseher Alfraganus und Albumasar; mittelalterliche Schriftsteller: Marcianus (Capella), Isidorus, Rhabanus Maurus, Papias, Constantinus Africanus, Platearius, Michael Scotus, Albertus Magnus, Bischoff Jacobus Aquensis, Jorach oder Jorath (Buch von den Thieren), Johannes, Alexander, Adam von St. Victor, Adelus (auch Adelius und Adelinus genannt), Heimo, Clemens der Meister, Lapidarius (Marbod) u. a. Oft heisst es nur *die meister, ein verscher, ein vilzüngler* (Polyglottist oder Lexikograph), auch wird erwähnt das Buch der Dinge, das sagt der Altväter Rede (von den Steinen), die Historia scholastica, die Historia Hieronymi u. s. w.

Holzschnitte, sämmtlich eine ganze Seite einnehmend, enthält schon die erste Ausgabe (Augsburg 1475) zwölf, s. Panzer (deutsche Annal. I. 83); der erste derselben gehört zu dem I. Buche, vom Menschen; er stellt einen nackten Mann vor, zu dessen rechter Hand ein Arzt mit einem Harnglase, zur linken Hand (also rechts im Bilde) ein anderer mit einem Buche. Die elf andern Abbildungen gehören zu den übrigen elf Büchern, das zum XI. Buche (von den Steinen) stellt den heil. Ulrich im bischöfflichen Ornate vor, die übrigen enthalten Abbildungen natürlicher Dinge. Von derselben Ausgabe sagt Trew, dass jedem der zwölf Bücher oder Abtheilungen vorgesetzt sei *peculiare fronti-spicium compositum ex figuris ligno incisis aliquot specimina rerum, quarum expositio traditur, sed vilissime sistentibus et pigmentis rudi penicillo obductis* (catalog. II. n. 1.).

Von der Ausgabe Augsburg 1478 bewahrt das Königl. öffentliche Kupferstichcabinet zu Dresden den ersten zum Buche vom Menschen gehörigen Holzschnitt, jedoch ohne den Text der Ausgabe, nämlich den nackten Mann zwischen zwei Aerzten. Das Bild stellt einen gewölbten Raum vor, in welchem an der das Gewölbe in der Mitte tragenden einzigen Säule ein nackter bärtiger Mann steht, um die Hüften mit einer Binde bedeckt; neben ihm zur rechten Hand, also links im Bilde, ein Arzt mit einem Harnglase, rechts im Bilde ein anderer mit einem flachen Barett auf dem Kopfe und einem aufgeschlagenen Buche in der linken Hand, seine rechte Hand legt er auf die Brust des Nackten unterhalb der Brustwarze; Fussboden einfach getäfelt, links im Bilde ein einfaches Fenster, am Fussboden der Fuss der Säule sichtbar. Zeichnung und Schnitt ist nicht schlecht, doch scheint fast bei der nackten Mittelfigur eine ältere Darstellung der Geisselung Christi zu Grunde zu liegen.

In einem uns vorliegenden defecten Exemplare, das wahrscheinlich der Ausgabe Augsburg 1481 angehört, sind zwei andere seitengrosse, mit Lackfarben schlecht illuminirte Holzschnitte enthalten. — Der erste gehört zum X. Buche (von den Kräutern); er stellt oben drei, unten fünf in der Erde wurzelnde Kräuter dar, unter denen man vielleicht eine Viola, eine Convallaria und einen Flaschenkürbis unterscheidet; eine neunte Pflanze steht in einem verzierten Blumentopf. — Der andere befindet sich vor dem XII. Buche (von den wunderlichen Brunnen und Menschen); in der oberen Abtheilung zwei gefasste Quellen, von denen die eine rechts im Bilde garbenförmig in die Höhe sprudelt und dann aus der Fassung abfliesst, aus der andern ruhig abfliessenden trinkt eine bekleidete und kopfbedeckte Frau aus einem in der linken Hand gehaltenen Becher; daneben links im Bilde eine nackte Menschenfigur mit hinterwärts gekehrten Füssen; die zwei unteren Reihen von Abbildungen enthalten ebenfalls missgestaltete Menschen: in der mittlen Reihe links eine Gestalt mit zwei Köpfen, dann eine mit Einem grossen Vogelfuss, eine ohne Kopf mit Augen auf der Brust, zuletzt rechts eine mit Hundskopf; in der unteren Reihe links eine bärtige Gestalt mit Weiberhaar und Weiberbrüsten, die ein vierfüssiges Thier an der Leine führt, dann eine Frau mit einem langen, bis auf den Bauch herabhängenden Kropfe, dann eine sechsarmige Gestalt, anscheinend weiblich und rechts eine mit Einem Auge auf der Stirn. Jede dieser Tafeln ist mit einer doppelten Randlinie eingefasst, Zeichnung und Schnitt ist gering, rohe Conture ohne alle Schraffirung. Die andern zehn Holzschnitte fehlen dem Exemplare.

In der Ausgabe Augsburg 1499 sind vierzehn Holzschnitte; der erste davon, der auch ein Metallabklatsch sein kann, gehört aber nicht zu dem Buche der Natur, sondern kommt in mehrern Augsburger und Strassburger Drucken jener Zeit (auch im Hortus sanitatis und in Brunschwig's Werken) vor und über ihm steht in Typen der Titel *Hie nach — dingen*; links im Bilde ein auf dem Katheder sitzender Lehrer, die linke Hand über einem aufgeschlagenen Buche zum Dociren erhoben, vor ihm stehen vier jüngere kurz gekleidete Personen. Dann folgt hinter dem Register eine ebenfalls nicht zum Buch der Natur gehörige, in Augsburger und Strassburger Drucken oft vorkommende Darstellung: Arzt und Apotheker in der Officin, der Apotheker sitzt, der Arzt steht und deutet mit einem Stäbchen in der rechten Hand auf eine Arznei. Auf der Rückseite dieser Abbildung beginnen die zwölf zum Buche der Natur selbst gehörigen Holzschnitte.

Der erste vor dem I. Buche (vom Menschen) ist der nackte bärtige Mann; zu dessen rechter Hand, also links im Bilde, steht ein Arzt mit enghalsigem Harnglase in der rechten Hand, und zu dessen linker Hand, also rechts im Bilde, ein anderer Arzt, der eine hohe Mütze auf dem Kopfe hat und ein aufgeschlagenes Buch in der linken Hand hält, seine rechte Hand legt er auf die linke Brust des Nackten oberhalb der Brustwarze; gemauertes Kreuzgewölbe mit Bogenrippen und von vier Säulen getragen, von denen zwei marmorirt sind; in den oberen Ecken des Gewölbes zwei leere Wappenschilder; in der Mitte ein getheiltes Fenster, der Fussboden mehrfarbig schraffirt getäfelt. Dem Zeichner hat die Zeichnung in der Ausgabe von 1478 vorgelegen, doch sind im Nachschnitte einige hier angedeutete Veränderungen angebracht. Zeichnung und Schnitt geringer, die Tafel um ein Weniges höher. — Der vor dem II. Buche (vom Himmel etc.) stehende zeigt unten eine Landschaft, darüber acht schmale Zonen, deren unterste mit Flammen gefüllt ist; die nach oben zunächst folgende hat den Mond, die zwei nächsten jede einen Stern, die hierauf folgende die Sonne, die drei höhern wieder jede einen Stern, dann folgt eine mit mehrern Sternen, ganz oben eine breitere Zone, in deren Mitte die gekrönte Maria und die Dreifaltigkeit, zu beiden Seiten betende Engel. Wahrscheinlich stellt das ganze Bild vor: Erde, Empyreum, Planetenhimmel in 7 Abtheilungen, Fixsternhimmel, Himmel der Seligen. — Vor dem III. Buche (von den Landthieren): ein Holzschnitt, der in vier Reihen zwölf vierfüssige Thiere vorstellt, ganz oben ein Baum; man unterscheidet Ochs, Schwein, Esel, Steinbock, Hund, Kameel, Reh, Elephant, Hirsch, gezäumtes Pferd, Löwe, Hase. — Vor dem IV. Buche (von den Vögeln) ein Holzschnitt mit vierzehn Vögeln, unter ihnen unterscheidet man leicht Gans, Ente, Adler, Pfau, Eule, Hahn; die andern sind schwerer zu bestimmen. — Vor dem V. Buche (von den Meerwundern) ein Holzschnitt elf fabelhafte Geschöpfe dieser Art darstellend, Meermönch, Sirene u. dgl. — Vor dem VI. Buche (von den Fischen) ein Holzschnitt, zeigend zehn grössere Thiere und mehrere kleine, unter ersteren auch Krebs und Krabbe; dabei links einen Fischer mit einem Aal in der Hand und rechts ein segelndes Schiff von einem Fische getragen oder aufgehalten. — Vor dem VII. Buche (von Schlangen und giftigen Thieren) ein Holzschnitt funfzehn verschiedene Geschöpfe darstellend: Basilisk (Unck), Draconcopes mit Menschengesicht, Scorpion, Sirene, Salamander u. a., dann verschiedene Schlangen, darunter eine auf dem Baume sitzend, eine andere (Dipsas) trinkt aus einer gefassten Quelle, ferner eine lebendig gebärende und die Sternschlange (Stellio). — Vor dem VIII. Buche (von den Würmern) ein Holzschnitt, auf welchem man ausser einer Pflanze mit drei Blumen noch unterscheidet Fliegen, Mücken, Heuschrecken, ein Spinnengewebe mit der Spinne, einen Käfer, einen Käse mit Maden, eine Ephemera (anscheinend), einen Schmetterling, zwei Bienenkörbe und fliegende Bienen, eine gefleckte Kröte, eine Schnecke mit Haus, Würmer und Ameisen. — Vor dem IX. Buche (von den Bäumen) ein Holzschnitt mit sieben in der Erde wurzelnden und zwei in Töpfen stehenden Gewächsen, erkennbar ist fast nur der Weinstock. — Vor dem X. Buche (von den Kräutern) ein Holzschnitt, Kräuter vorstellend, unter welchen man den Flaschenkürbiss, eine Viola und Convallaria unterscheidet, links eine hohe Topfpflanze in verziertem, gehenkelten Gefässe; man sieht an dem Ganzen, dass dem Zeichner der ältere Holzschnitt mit Kräutern vorgelegen hat, den er verändert, vermehrt und im Ganzen gegenseitig nachgeschnitten hat. — Vor dem XI. Buche (von den Steinen) steht in gleich grossem Holzschnitte der heil. Ulrich (Bischoff von Augsburg) im bischöfflichen Ornate mit Pluvial und Mitra, die Hände tragen verzierte Handschuh und Ringe, die rechte hält den Bischoffsstab, die linke einen Fisch; halbe Figur von guter Zeichnung, der Schnitt ist gering und hat einige einfache Schraffirung. — Vor dem XII. Buche (von den wunderlichen Brunnen und Menschen) ein Holzschnitt, der eine gegenseitige, doch nicht ganz genaue Nachbildung desjenigen ist, den wir bereits aus einer ältern Ausgabe beschrieben haben: oben links die sprudelnde Quelle, dann die trinkende Frau neben der ablaufenden Quelle (sie trinkt auch hier mit dem Becher in der linken Hand), rechts der Mann mit den hinterwärts gekehrten Füssen, darunter von der Linken zur Rechten: der Mensch mit Hundskopf, der ohne Kopf mit vier Augen auf der Brust, der mit Einem Fuss und ganz rechts der mit zwei Köpfen, in der untersten Reihe von links nach rechts der einäugige, der sechsarmige, die Frau mit dem grossen Kropfe, die bärtige Frau mit einem Thier an der Leine. Auch hier ist mitunter einige einfache Schraffirung angebracht, die in dem älteren Holzschnitte fehlt.

Diese zwölf Holzschnitte scheinen um einige Linien in Höhe und Breite grösser zu sein, als die der älteren Ausgaben, sie haben sämmtlich einfache Conture mit gar keiner oder nur sparsamer einfacher Schraffirung; die Zeichnung ist im Ganzen besser als der Schnitt, am besten ist sie in dem Bilde vor Buch I., III., VI., VIII., XI., XII., wo sie eine gewisse Lebendigkeit im Ausdrucke und Naturwahrheit hat, in den übrigen ist sie geringer.

Mögen hier zur Charakteristik des Ganzen, namentlich aber der deutschen Bearbeitung, noch einige wenige Stellen des Buches ihren Platz finden:

*Wann sene* (sehne) *dich nit darnach das ich dir von yedem wort ein halbs blat schreyb* (Capitel von der Hirnschale); — *Versteest du des nitt. gib dir die schuld das du in den dingen nit geübet bist. Wann wer das teutsch zu der latein mischet gentzlich vnd recht. so beleyb ich zwar on straff* etc. (Capitel von dem Magen). — *Nun will ich fürbass nit mer sagen von den gelydern wann gut sitten vnd zucht möchten es nit geleyden in gemainer sprach das sy doch leyden in seltzsamer sprach* (indem hier nach den Nieren die Genitalien folgen sollten, welche nicht beschrieben werden);

über die ungerechten Ehemänner:

*nun merck eyfrer wie lieb du dein frawen habest die weder weysz noch werck dir zu dank nymmer mag vollbringen. Sicht sy über sich sy ist ein gafferin. vnder sich ein munderin. schweyget sy so ist sy ein stumm. redt sy so ist sy ein klafferin. du leckerst sy mit worten vnd mit wercken ee du die warheyt vindest. Nymm dir der weil du gäher man du solt esel reyten* (Capitel von den Vipern);

von Unfruchtbarkeit:

*wer des baumes samen in tranck nympt der wirt beraubt seins vnkeuschen gelustes als man sagt vnd macht die frawen vnberhafft* (unfruchtbar) *das wer leicht manger frawen lyeb. vnd auch mangem mann* (Capitel von der Weide);

von Zauberei:

*das kraut heist zu latein herba meropis. das spricht baumheckelkraut. vnd heist in der zaubrer buch chora. vnd wer nit gut das man es gemeingklich erkennete wann* (denn) *es geent schlos* (Schlösser) *gegen ym auff. damit sündete niemant der gefangen wer auff den leib. Es habent auch andere kreuter gar wunderliche werck als bethonienkraut vnd eisenkraut das zu latein verbena heist. Jedoch soll man in die chinel decken in disem strassenlauffer* (in diesem für Volk bestimmten Buche) *wann es wer nit tugentlich gethon der die heiligkeit für die kunt wirff* etc. (Einleitung zum X. Buch). — *Das kraut suchen die zaubrer gar vil vnd sprechent das es ein krafft hab zu warsagen. wenn man es beschwer als man soll. Vnd zwar ich weiz ein meirin die mit dem kraut würcket vnd gar wunderlich ding. do sol die red beleiben* (Capitel von der Betonica). — *Das kraut ist an der krafft heiss vnd trucken vnd ist den zaubrern gar nütze. das wissen die wol die in den netzen* (in den Fallstricken der Zauberei) *sind gewesen* (Capitel von der Verbena). — *Man spricht auch das der stein gut sey in der zauberkunst. wer yn tregt den sterkt er gegen sein veinden vnd vertreibt die treume vnd meldet die vergifft* (Capitel von dem Adamas, unter dessen zwei Arten Diamant und Magnetstein gemeint sind);

von Mondsüchtigen, Besessenen, Epileptischen, vom Incubus:

*des menschen haubt vnd sein hyrn verwandelt sich auch vast* (sehr) *nach des Mones lauff als wir sehen an den die jr vnsynn gewynnen vnd verliesent* (verlieren) *nach des mones lauff* (Capitel von dem siebenten

Planeten), — (der Adamas) *ist auch den monwendigen leuten gut die ir sinn verkörent nach des mons lauff. ist auch den teufelhefftigen* (Besessenen) *gut vnd will das man yn trag an der lingken seiten* (Capitel vom Adamas). — *Wer einen vnderrauch* (Suffumigation) *mach von des krauts samen das sey den teufelhafftigen leuten gut die zu latein demoniaci heissen. vnd den hinvallenden die epilentici heissen — vnd wer der körner. xv. trinck mit rosenhonig das sey gut für die geist die bey den frawen schlaffen in manns weise. die zu latein incubi heissen* (von der Päonia);

## von Wundern:

*nun sprechent manig zu mir das die wunder lugin* (Lügen) *seyen vnd hört doch von dürsten vnnd von recken die grösten lugin die ich ye gehört vnnd darumb das sy die wunder nit gesehen habent so gelaubent sy es nicht was will ich der* (mit diesen). *ich sag das ich weisz vnnd dem ich es will vnd dem der es will* (Capitel vom Delphin);

## von giftigen Pilzen:

*desz haben wir ein exempel das einer einsmals het pfifferling geessen vnd darauff starken met getruncken. der starb zu hand yechling vor dem vasz on alle gotzrecht* (ohne Sacramente) *darumb sind sy wol zu meiden* (Capitel von den Schwämmen);

## vom Weine:

*es ist kein essen oder kein trincken das die natürlichen hitze so vast sterck als der wein thut. Der benympt trawren vnnd bringt freud: er wandelt der sel laster in tugendt. er keret von vnmilt in milt. von vnsenfft in sensten mut. von hoffart in dyemut. von trackheyt in die schnelligkeyt. von vorcht in künheyt. er endert des mutz* (Gemüthes) *vnwitz in ein kündigkeyt oder klugheyt. vnnd vngesprech in wolgesprech. vnd onsynn in sinnigkeyt. vnd darumb nemen in die weysen leut perse vnd helem* (rein) *wenn sy weyszlich reden wolten oder etwas neues vinden oder rat geben zu gemeinem nutz der leut* (Capitel von der Weinrebe);

## von Saiteninstrumenten:

*ausz. tennenholtz werden nit gut beuch* (Bäuche) *zu seyttenspil als zu fideln zu leiren vnd zu andern dingen. darumb das derley holtz von seiner lüfftigen natur gestreutes leibs ist vnd vol gar kleiner leiblüchlin dye wir an vns schweiszlöchlin heissen. vnd darumb helt es den lufft nit dauon der don kompt. aber es werden gar gut bodem* (Boden) *an sölichen dingen ausz dennenholtz. darumb wenn sich der lufft gestossen hat an die starcken sayten in der ding beuchen so zinselt er lang als durch die linden bodem vnnd dauon wirdt an das gedön süsz* (von der Tanne);

## von Kiefer, Fichte und Tanne:

*den baum heissen ettlich piceam darumb das daz hartz darausz schwitzt. wann pix heyst bech oder hartz. zu latein. Jedoch sprich ich das picea ein vorch* (Föhre) *heyst vnd pinus ein veicht* (Fichte) *vnd abies ein tann vnnd also heissen es andere bücher* (Capitel von der Fichte);

## von ausländischen Arzneien:

*nun machst du sprechen die ding seind gar gut vnd nütz menschlicher art aber wa nymm ichs* (wo nehme ich's her) *sy wachsent gar verr* (fern) *in einem garten. aber hast du gut vnd gold du machest dir vil ding nahent vnd hold die kaufleut faren verr* (Capitel vom Cardamom);

## von den Walen, d. h. Italienern, welche ehemals Edelsteine und Metalle in den deutschen Gebirgen und Flüssen, namentlich im sächsischen Erzgebirge suchten (Grässe Sagenschatz des Königreichs Sachsen S. 176 fg.):

*die krafft hat der weisz krotenstein. vnd heissen yn die walhen crapadinam* (Capitel vom Botrax oder Krötenstein);

## von Magnet und Compass:

*er hat die art das er eisen an sich zeucht als der magnes thut. aber er nymbt dem magneten das eisen wann er gegenwürtig ist. Er meldet auch den merstern* (Meerstern, Polarstern). *wann so die schifleut auf dem mere nit gesehen vor den tunkeln nebeln. so nement sy ein nadel vnd reibent die mit dem spitz an dem adamant vnd stecken sy dann übertzwerch in ein halmstuck oder in ein spenlin vnd legen sy in ein peck* (Becken) *oder schüssel vol wassers. vnd fürt einer den adamanten mit der hand auswendig vmb das vasz do die nadel inne ist dem volgt sy nach mit dem spitz inwendig also das sy in dem vasz auch kreiset vnd geet. so das geschicht so zuckt (zeucht) der steinfürster den stein schnell vnder vnd birgt yn. wenn nun.*

*die nadelspitz iren fürer hat verloren so kört sy sich gleich gegen den merstern vnd steet enit bewegt sich nit darnach richten sich dann die schifleut. wann (denn) der stern steet am himel zu norden do der himelwagen steet etc. (Capitel von dem Adamas);*

zu bemerken ist hierbei, dass unter dem gemeinschaftlichen Namen **Adamas** sowohl der Diamant als der Magnetstein beschrieben werden als zwei Arten des Adamas; von der zweiten Art des Adamas, dem Magnetsteine, ist bei obiger Vorrichtung die Rede. Man legte die mit dem Magnetsteine bestrichene Nadel in einen Strohhalm oder in ein Holzspänchen gesteckt in eine Schüssel voll Wasser und setzte sie damit in Bewegung, dass man einen Magnetstein in der Hand gehalten aussen um die Schüssel kreisen liess, und wenn ihm die Nadel gefolgt und hinlänglich in Bewegung war, verhüllte oder entfernte man den Stein, wo dann die Nadel nach Norden sich wandte. Unter dem Artikel Magnes in demselben Buche heisst es:

*magnes ist eisenfarb vnd zeucht das eisen an sich so der adamas nit gegenwärtig ist,* der es ihm nämlich als stärker in dieser Anziehungskraft entzieht;

### von den Flecken im Monde:

*der mon hat in jm schwartz flecken. vnd sprechent die layen es sitzt ein man mit einer dornpürd in dem mon. Es ist aber nit war. es ist darumb dz der Mon an den stucken dicker ist in seinem antlütz denn an andern enden. vnd darumb nympt er daselben der Sunnen schein nit. dauon scheinen uns dieselben stuck vinster (Capitel von dem siebenten Planeten);*

### von dem Erdbeben:

*nun wissen gemein leut nit wauon es kompt. darumb tichtent allte weyb die sich vil annement. Es sey ein grosser visch der heisz Celeprand (vielleicht Enceladus oder die Erdschlange Jormungandur?) darauff stee das erdtrich vnd hab seinen schwantz in dem mund vnd wenn er sich bewegt so erpidem das erdtrich (erbebe das Erdreich). das ist ein turzen mär vnd ist auch nit war. vnd geleichet wol der juden mär von dem ochssen vehemot. darumb söllent wir die warheyt sagen von den erdpidem vnnd von den wunderlichen dingen die dauon kommen. Der erdpidem kompt dauon das in den erden höler (Höhlen) vnd allermeyst in hohem gepürg vil irrdischer dünst gesamelt werdent vnd das der dünst also vil wirt das sy nit darinnen beleyben mügen. So stossen sy vm vnd vmb an die wend. vnd fliegent ausz einem keler in den andern vnd wachsent all dazu untz (bis) das sy ein ganz gepürg erfüllen. vnd das wachssen das bringet der stern krafft. yedoch allermeyst des Streitgotz der Mars heysset. vnd des helffvater der Jupiter heysset etc. (Capitel vom Erdbeben);*

### von den Amazonen:

*der mann bein sind stercker dann der frawen. nur allein an den frawen die Amazonie heissent die haben sterckere bein dann die mann. Vnd der frawen land heist von etlichen der meid (Mädchen) land (Capitel von den Beinen, Knochen);*

### von der Sprache:

*so der mensch vngehörent (taub) ist von seiner gepurt. darumb mag es kein sprach gefassen vnd darumb missagent (sagen mit Unrecht) die juden züg man ein kind an einer einöde (auf) so künd vnd lernet es Ebreisch. wär dem also so künd ein kind ein stumm von gepurt ebreysche sprach. das ist aber nit war (Capitel von der Zunge);*

### von Geist und Seele:

*ich verstee das also: Der geyst heysset in der lebern natürlich (naturalis). wann als vor (vorher) geschriben ist, di leber gibt der gantzen volkommen natur aller gelyder jr narung vnd in dem hertzen heist der geyst leiblich (vitalis). wann das hertz ist ein schatzlädlin vnd ein anfang des lebens. In dem hirn heysset der geyst tierlich (animalis). darumb das eines yegklichen tiers synn in dem haubt sind. vnd das der geyst ein weigelin ist darauff die ebenpild vnd ander ding wären (waren?) von einem sinn vnnd von einer krafft der sel. bisz zu der andera. Der geyst ist ein band damit leyb vnd sel zusamen ist gebunden (Capitel von dem Magen).*

Viel Mehreres noch könnte hier aus der allerdings etwas flüchtig gesetzten, daher orthographisch ungleichen, oft fehlerhaften, aber sonst vollständigen Ausgabe von 1499 ausgehoben werden, was der Beachtung werth sein möchte; allein aus dem Gegebenen schon ist hinreichend ersichtlich, dass man es bei dem Buch der Natur nicht mit einer geistlosen Compilation, sondern mit einem, wenn gleich aus andern Büchern gezogenen, aber doch mit Selbstdenken verfassten Buche zu thun habe. Ein solches scheint es schon in dem lateinischen Originale gewesen zu sein, viel bedeutender ist es aber in der deutschen Bearbeitung geworden, die von einem, obschon der Kirche, ja dem Ordensleben angehörenden, doch freisinnig denkenden, im Leben erfahrenen, wohlgesinnten Manne verfasst, ihre eigenthümliche Farbe hat. Dabei wohnt dem Verfasser, obwohl einem Laien in Naturkenntniss und Medicin, doch so viel Liebe zur Betrachtung der natürlichen Dinge bei, dass sein Fernstehen von den eigentlich ärztlichen Schulen, die sich ohnedies damals mit der allgemeineren Naturwissenschaft wenig befassten, nicht störend, sondern bereichernd und belebend wirkt. Man erblickt hier, wie diese Dinge zu jener Zeit vom ausserärztlichen Standpuncte her angeschaut wurden, während der Herbarius und Hortus sanitatis zwar auch populär sind, aber doch vorzugsweise auf Ertheilung ärztlicher Rathschläge ausgehen; man sieht aber auch, wie bereits in der Mitte des XIV. Jahrhunderts das Bedürfniss populärer zur Naturkunde gehöriger Schriften allgemein verbreitet und von allen Ständen gefühlt war, so dass das Vorhandensein lateinischer, dem Volke unzugänglicher Werke nicht mehr genügte, naturwissenschaftliche Volksbücher gesucht wurden, welche über den praktischen Bedarf populärer Medicin hinausreichten.

Wenn somit das deutsche Buch der Natur bei der grossen Menge von Gegenständen, die es umfasst, bei der naiven, volksthümlichen Sprache, die es führt und der mannigfachen Beziehung auf Leben, Moral, Religion und Kirche, die durch das Ganze hindurchgehet, für den Geschichtsforscher zur Kenntniss des XIV. und XV. Jahrhunderts immer wichtig bleiben wird, so hat es in der Literatur der Volksbücher in so fern eine Bedeutung erlangt, als dasselbe angeblich dem unter dem Namen des Albertus Magnus bekannten arzneilichen Volksbuche (s. Görres die teutschen Volksbücher. Heidelberg 1807. 8. S. 27) zu Grunde liegen soll, was aber wenigstens bei dem an dieser Stelle von Görres aufgeführten Volksbuche kaum der Fall sein wird. Ob aber nicht bei älteren derartigen Volksbüchern, kann wohl in Frage kommen.

Docen giebt aus einer angeblich gleichzeitigen, hiernach also der Mitte des XIV., vielleicht aber eher dem XV. Jahrhunderte angehörigen Handschrift, welche die Aufschrift führt: *Daz ist daz puch von den naturleichen dingen, ze deautsch bracht von Maister Cunrat von Megenberch*, einen aus sechs sechszeiligen Strophen bestehenden Prolog, welcher beginnt: *Ein wirdig weibes chron* etc. und dessen letzte Strophe ist: *Also trag ich ein puch | Von Latein in Daütschev wort, | Daz hat Albertus maisterleich gesammet von den Alten; | Gelust dich dez, daz such, | Ez ist von manger dingen hort, | Diu vns gar wirdliclaichen sint in der Natur behalten.* (S. Hagen, Docen und Büsching Museum für Altdeutsche Literatur und Kunst I. 147 fg.)

Aehnlich scheint eine Papierhandschrift in Folio zu sein, welche i. J. 1473 von *Johannes Sarstain* „*die Zeit studens wiennenszis*" geschrieben ist und sich in der gräflich Ortenburgischen Bibliothek zu Tambach in Oberfranken befindet. Sie enthält 212 Bll. in 2 Coll., meist zu 36 Zeill.; nach dem Register folgt der Text. Anfang: *Ain wirdig weibes kron in welchem chlaid man die an sieht so sind ir tugentlichen werck an chainem end verhandelt* etc.; Schluss: *Das ist das däutsch von Megenbergk* etc. (S. Serapeum 1842, S. 350).

Eine andere, wahrscheinlich spätere Handschrift in Folio auf Papier, der Abtei Banz gehörig, beginnt: *Dis ist das buch daz maister Cunrat von megenberg zu tutsch hat braht vnd sagt vns von der natur aller ding vnd sind acht stuck*, was also mit der oben angegebenen Eintheilung der gedruckten Ausgaben: 12 Bücher in 8 Abtheilungen, übereinstimmt; abweichend von den gedruckten Ausgaben ist aber in der Handschrift der Schluss der

Vorrede: *Also trug ich ein buch von Latin in Dutsche wort; daz hat Alberthus meisterlich gesammet* von den alten und der Schluss des ganzen Werkes in derselben:

*An dem puch zu Latin hat ain maister gearbait funfczehen iar, vnd hat es gesampt von der schrift der hohen maister dy haissent Aristoteles, Plynius, Ysidorus, Augustinus, maister Jacobus, der ein puch hat gemacht von etlichen wunderlichen dingen in den landen vber mer, daz hat er geheissen zu Latin orientalis hystoriam. Er hat auch gevolgt dem maistern, die haissent Galyenus (,) physiologus vnd hat gevolgt dem puch von den dingen, das ze Latin haist liber rerum, vnd hat gevolgt dem maistern, dy haissent Adelynus phylosophus, vnd dem puch, daz haisset der alten vätter sag, vnd haist ze Latin veterum narratio, vnd hat gevolgt dem puch ains maistern in der Judischait von den edeln stainen, der hysz Chivil;*

auf welchen Schluss noch diese Verse folgen:

*Das ist daz Tutsch von Megenberg.* | *Wer das ein ris vnd nit ein zwerk,* | *Vnd wer es aller selden vol,* | *Des gund ich minen frunden wol* etc. (S. Hagen in dem angeführten Museum, I. 243 fg.)

Büsching führt eine Papierhandschrift vom Jahre 1434 mit illuminirten Abbildungen von Naturkörpern an, in welcher es heisst:

*Das puch genant der Megenperger schreibt von der beschaffung des menschen vnd seiner gelider von allerlai thieren von allerlai gefügel von allerlai pawmen von allerlai Kreuttern von den edln stainen von silber golt etc. von manigerlai slangen von etlichen Prunnen. Zu Ende: An dem puech ze latein hat ein maister gearbait 15 Jar vnd hat es gemacht aus der geschrift der houchn maister die haissent Areles (Aristoteles) Plynius Solnius (Solinus) Ambrosius der grousz Basilius Ysiderus Auguus (Augustinus) magster Jacobus von viatico der ain puech hat gemacht von ettlichen wunderlichen dingen in den Landen das hat er gehaissen orientalem historiam etc.*

Diese Handschrift war Büsching's Eigenthum (S. Museum I. 244 Note 4.); vielleicht dieselbe Handschrift v. J. 1434, welcher Görres gedenkt, s. Hagen und Büsching deutsche Gedichte des Mittelalters. Berlin 1808. 4. I. Einleitung S. xxxjv, N. xxxvij und die vorgedruckten Berichtigungen dazu. Auch eine Wolfenbütteler Handschrift v. J. 1474 wird erwähnt. (Museum I. 245.)

Es bestanden also mehrfache und, wie es scheint, in Manchem abweichende Handschriften des Buches der Natur vor Erscheinen der gedruckten Ausgaben, letztere scheinen aber unter sich mit Ausnahme der Orthographie ziemlich gleich zu sein und die spätern von den frühern ohne viel Veränderung abgedruckt; sie haben alle die Eintheilung in zwölf Bücher, die wir oben näher beschrieben haben und sind seltener als viele andere Drucke dieser Zeit. Die Hofbibliothek zu München soll eine vollständige Handschrift von Megenberg's deutscher Sphära und 16 Handschriften des Buches der Natur besitzen (v. Aufsess und Mone Anzeiger für Kunde des deutschen Mittelalters III. 1834. S. 44.).

# Ausgaben.

**Augsburg** 1475. kl. fol., bei Hans Bämler, October.

Das Werk beginnt ohne Titel Bl. 1 a: *Das Register.* | *(Zu dem ersten haltet dz puch jun von* | *dem menschen in einer gemein. Darnach* | etc. Bl. 3 a weiss, Bl. 3 b ein Holzschnitt; Bl. 4 a: *Hye nach volget das puch der natur, das Innhal-* | *tet. Zu dem ersten von eygenschafft vnd natur des* | *menschen, Darnach von der natur vnd eygensthafft des* | *himels, der tier des gefügels, der kreuter, der steyn vnd* | *von vil ander natürlichen dingen Vnd an disem puch hat ein* | *hochgelerter man bey funffzehen iaren Colligiert vnd gear-* | *beyt, vnd hat für sich genomen die her nach benanten göt-* | *lich vnd natürlich lerer Poeten end ander bewert doctores* | *der erczney. Als Augustinum, Ambrosium, Aristotilem* | *Basilium, Ysidorum, Plinium, Galyenum, Auicennam* etc. | *vnd vil ander meister vnd lerer, Aus den vnd andern hat er* | *diez nachgestchriben puch allenthalben zusamen gelesen vnd* | *auszgeczogen, Welches puch meister Cunrat von Megen* | *berg von latein in teutsth transzferiert vnd geschriben hat* | *Vnd ist gar eyn nützliche kurtzweylige materi, darjnnen* | *eyn yegklicher mensch vil selczamer sachen vnterrichtet* | *mag werde* | *Zu dem ersten von der natur des menschen.* Schlussschrift: *Hie endet sich das buch der natur. Das hat* | *getruckt vnd volpracht hanns Bämler zu Aug-* | *spurg An montag vor aller heyligen tag An-* | *no etc. jn dem lxxv. jar. Deo gracias.* Goth. Druck in auslaufenden Zeilen ohne Signatur, Custos und Blattzahl, 292 Bll., 28 Zeill. Mit 12 Holzschnitten und grösseren Initialen. (*Trew* catalog. II. n. L., *Panzer* Annal. I. 83, *Zapf* Augsburg's Buchdruckergeschichte I. 32, *Ebert* n. 3092, *Hain.* n. 4041.)

**Augsburg 1478. kl. fol., bei Hans Bämler, August.**

Bl. 1a: *Das Register.* | *(Z)u dem ersten — von dem* | *menschen in einer gemein Darnach von* | etc. Bl. 3a weiss, Bl. 3b ein Holzschnitt, Bl. 4a: *(H)ye nach volget das buch — jnnhal* | *tet — eyggenschafft* | *vnd natur* | *des menschen — eygen* | *schafft des himels, der tier, des — der* | *stain — anderen — disem* | *buch — jaren Colli-* | *giert — genommen die hernach* | *benannten — be-* | *wert — erczney Als — Ambro-* | *sium* | *Aristotilem.* | *— Galienum, Aui* | *cennam — meyster vnd lerer, Ausz den vnd ande* | *ren — nach* | *geschriben buch — zusamen* | *gelesen vnd auszgezogen Weliches buch meyster Cunrat* | *von — teutsch transz-* | *feriert vnd* | *geschriben — eyn nüczliche kurczweylige ma* | *teri — ein yegglich mensch — vnder* | *richt mag* | *werden — menschen.* Schlussschrift: *Hie endet sich das buch der natur. Das hat* | *getruckt vnd volpracht* | *Johannes Bämler zu* | *Augspurg. An mitwoch vor Barthomei* | *Ano etc., jn dem. lxxvij. jare. Deo gracias.* Goth. Druck in auslaufenden Zeilen, ohne Signatur, Custos und Blattzahl, 292 Bll., 28 Zeill. Mit Holzschnitten. (*Trew* catal. II. n. L., *Panzer* I. 105, *Zapf* I. 47, *Ebert* n. 3092 not., *Hain* n. 4042.)

**Augsburg 1481. kl. fol., bei Hans Bämler, August.**

Bl. 1a: *Das Register* | *(Z) V dem ersten haltet das buch jnn von den menschen* | *in einer gemeyn. Darnach von der hyrnschal. von de* | etc. Bl. 2b Holzschnitt, der nackte Mann mit zwei Aerzten, Bl. 3a *(H)Ye nach volget das buch der natur. das jnnhaltet Zu dem ersten* | *von eyggenschafft vnd natur des menschen. Darnach von der natur* | *vnd eygenschafft des hymels. der tier. des gefügels. der kreuter. der steyn.* | *vnd von vil anderen natürlichen dingen Vnd an disem buch hat ein hochge* | *lerter man bey fünffzehen jaren Colli- giert vnd gearbeyt. vnd hat für sich ge* | *nommen die hernach benannten götlich vnd natürlich lerer Poeten vnd ander* | *bewert doctores der erczney Als Augustinum. Ambrosium. Aristotilem. Basi* | *lium. Ysidorum. Plinium. Galienum, Auicennam etc. vnd vil ander meyster vnd* | *lerer Ausz den vnd anderen hat er dicz nachgeschriben buch allenthalben zu* | *samen gelesen vnd auszgezogen Weliches buch meyster Cunrat von Me* | *genberg von lateyn in teütsch transzferieret vnd geschriben hat Vnd ist* | *gar ein nüczliche kürczweilige materi darjnnen ein yegk- lich mensch vil selcz* | *samer sachen vnderricht mag werden Zu dem ersten von der natur des menschen.* Schluss- schrift: *Hie endet sich das buch der natur Das hat* | *getrückt vnd volbracht Hanns Bämler zu* | *Augspurg Am montag vor Sant Bærtho-* | *lomeus tag. Anno etc. jn dem lxxxj jar. Deo gracias.* Goth. Druck in aus- laufenden Zeilen, ohne Signatur, Custos und Blattzahl, 191 Bll., 35 Zeill., mit denselben Holzschnitten wie in der Ausgabe von 1475. (*Panzer* I. 119, *Zapf* I. 57, *Ebert* n. 3092 not., wo nach Panzer nur 188 Bll. angegeben worden, *Hain* n. 4043.)

**Augsburg 1482. kl. fol., bei Hans Schönsperger, Mai, Juni.**

Bl. 1a: *Das Register.* | *(Z)u dem ersten haltet das puch jnn von dem* | *menschen in einer gemain Darnach von* | *der hyrenschal. von dem hirn.* etc. Bl. 2a weiss, Bl. 2b Holzschnitt, Bl. 3a: *(H)Yenach volget das buch der natur das jnnhaltet* | *Zu dem ersten von aygenschafft vnd nature des* | *menschen. Darnach von der natur vnd aygensch* | *afft des hymels, der tier, des gefügels, der kreuter, der stain, vnd von* | *vil andern natürlichen dingen. Vnd an disem buch* | *hat ein hochgelerter man bey fünfftzehen jaren colligieret* | *vnd gearbeit. vnd hat für sich genumen die hernach benann-* | *ten götlich vnd natürlich lerer, poeten vnd ander bewert* | *doctores der ertzney. Als Augustinum. Ambrosium. Aristotilem. Basilium. Ysidorum. Plinium. Galienum. Auicen* | *nam etc. vnd vil meyster vnd lerer. Auss den vnd anderen* | *hat er ditz nachgeschriben buch allent- halben zesamen gele-* | *sen vnd auszgezogen. Welliches buch meister Cunrat vonn* | *Megenberg von latein in teiltsch transzferieret vnd geschri-* | *ben hat. Vnd ist gar ein nützliche kurtzweilige materi, dar* | *jnn ein yegklich mensch vil seltzsamer sachen vnderricht* | *mag werden. Zu dem ersten von der natur des menschen.* Schluss- schrift: *Hie endet sich das buch der natur Das hat* | *getruckt vnd volbracht Hans schönsperger* | *burger czu Augspurg Am freytag vor dem* | *pfingst tag. Anno etc. jn dem lxxxij. jare.* Goth. Druck ohne Signatur, Custos und Blattzahl, 229 Bll., 35 Zeill., mit Holzschnitten, wo ebenfalls der nackte Mann zwischen zwei Aerzten zuerst steht. Grosse Anfangsbuchstaben in Holzschnitt. (*Panzer* I. 126, *Ebert* n. 3092 not., beide geben nur 227 Bl. an, *Hain* n. 4044.)

**Augsburg 1482. kl. fol., bei Anton Sorg, Juli.**

Bl. 1a: *Das Register des buchs der natur.* | *(Z)u dem ersten haltet das buch jnn* | *von dem menschen in einer gemeyn* | *Darnach von der hirnschal. von* | etc. Bl. 2b Holzschnitt. Bl. 3a: *Hienach volget das buch der natur. das jnnhaltet.* | *Zu dem ersten von eyggenschafft vnd natur des menschen* | *Darnach von der natur vnnd eyggenschafft des himels* | *der tier. des gefügels. der kreüter. der stein. vnd von vil* | *anderen natür-*

*lichen dingen. Vnd an disem buch hatt | ein hochgelerter man bei fünffzehen jaren colligiert vnd | gearbeyt vnd hat für sich genommen die hernach benann | ten götlich vnd natürlich lerer poeten vnnd ander be | wärt doctores der erczney. Als Augustinum. Ambrosium | Aristotilem. Basilium. Ysidorum. Plinium. Galienum. | Auicennam. etc. vnd vil ander meyster vnd lerer. Ausz | den vnd anderen hat er dicz nachgeschriben buch allent | halben zusamen gelesen vnd auszgezogen. Weliches buch | meyster Cunrat von Megenberg von latein in teütsch | transzferieret vnd geschriben hat. Vnd ist gar ein nücz | liche kurczweilige materi darinnen ein yeglich mensch | vil seltzsamer zachen vnderricht mag werden. | Zu dem ersten von der natur des menschen.* Schlusschrift: *Hie endet sich das buch der natur | dz getruckt vnd volendet hat Antho | nius Sorg. in der keyserlichen statt | Augspurg. An mittwochen nächst | vor sant Jacobs tag. do man zalt nach | cristi gepurt M. cccc. lxxxij. jar.* Goth. Druck in auslaufenden Zeilen ohne Signatur, Custos und Blattzahl, 238 Bll., 34 u. 35 Zeill. Mit Holzschnitten und grösseren Initialen. (*Panzer* I. 126, Zusätze 47, *Zopf* I. 60, *Hain* n. 4045.)

* **Augsburg** 1499. kl. fol., bei Hans Schönsperger.

Bl. 1a Titel: *Hie nach volgt das buch der | natur. innhaltende zum ersten von eigenschafft vnd | natur desz menschen. Darnach von der natur vnd eigenschafft desz hymels. der | tier. des gefügels. der kreüter. der stein. vnd von vil andern natürlichen dingen.* Darunter ein Holzschnitt: Lehrer auf dem Katheder mit vier vor ihm stehenden Personen, Bl. 1b weiss. Bl. 2a: *Das Register.* | *(Z)V dem ersten helt das buch inn von dem mensch- | en in einer gemein. Darnach von der hirnschal. von | dem hirn* etc., schliesst Bl. 2b: *Vnd damit endet sich also das Register. Got sey ge | lobet.* Bl. 3a Holzschnitt: Arzt und Apotheker in der Officin. Bl. 3b Holzschnitt: nackter Mann zwischen zwei Aerzten. Die übrigen noch im Buche vorkommenden elf Holzschnitte haben wir bereits oben beschrieben. Bl. 4a (Sign. a ij): *(H) Jenach volget das buch der natur. das jnnhaltet. Zu dem | ersten von eygenschafft vnd natur des menschen. Darnach von | der natur vnd eygenschafft des hymels. Der tier. des gefügels | Der kreüter. der stain Vnd von vil andern natürlichen dingen. Vnd an | disem buch hat ein hochgelerter man bey fünffzehen jaren Colligiert vnd | gearbeyt. vnnd hatt für sich genommen die hernach benannten götlich | vnd natürlich lerer Poeten vnd ander bewert doctores der erczney. Als | Augustinum, Ambrosium, Aristotilem, Basilium, Isidorum, Plinium, Ga | lienum. Auicennam etc. Vnd vil ander meyster vnd lerer. Ausz den vnd an- | dern hat er ditz nach geschriben buch allenthalben zu samen gelesen vnd | ausz gezogen. Wöliches buch meyster Cunrat von Megenberg von | latein in teütsch transzferieret vnd geschriben hat. Vnd ist gar ein nütz- | liche kurtzweylige materi darinnen ein yegklich mensch vil seltzsamer sach | en vnderricht mag werden. Zu dem ersten von der natur des menschen.* Schlusschrift: *Hie endet sich das buch der Natur. das hat getruckt | Honns Schönsperger in der keiserlichen stat Augspurg | Als man zalte nach der geburr | Cristi M. cccc. xcix. iar.* Goth. Druck in auslaufenden Zeilen mit Signatur *a — z, A — E*, 171 Bll., 39 Zeill. Mit 14 Holzschnitten und grösseren verzierten Initialen. (*Panzer* I. 240, Zusätze 88, *Zopf* I. 130, *Ebert* n. 3092 not., *Hain* n. 4046.)

**Frankfurt am Main** 1536, 1540. fol., bei Christian Egenolff.

Unter dem Titel: *Conrad Mengelberger (Mengenberger) Naturbuch von Nutz, Eigenschafft, Wunderwirkung und Gebrauch aller Geschöpf, Elemente und Creaturen dem Menschen zu gut beschaffen. Frankfurt a. M., bei Chr. Egenolff,* 1536. *fol.,* 1540. *fol.* Mit Holzschnitten sehr verschiedener Naturkörper. (*Bibl. Rivin.* n. 5686, *Buenemann catalog. mss. item libror. usque ad annum MD impressorum, Mind.* 1732. 8. *pag.* 46.)

# Petrus de Crescentiis, liber ruralium commodorum.

PETRUS DE CRESCENTIIS aus Bologna hatte daselbst früher den logischen (philosophischen), medicinischen und naturwissenschaftlichen Studien, später den juristischen obgelegen, war eine Zeitlang im Rathe seiner Vaterstadt, verliess diese Stellung in Folge bürgerlicher Unruhen, machte dann von 1274 bis 1300 weite Reisen und zog sich im 70. Lebensjahre in das Landleben zurück. In dieser Zeit, zwischen 1302 und 1309, verfasste er theils nach alten Schriftstellern, insbesondere Cato, Varro und Palladius, theils nach eigenen Erfahrungen in lateinischer Sprache ein Werk über die Landwirthschaft im weiteren Sinne des Wortes, welches den Titel führt: *Liber ruralium commodorum*, denn so nennt es der Verfasser selbst in dem vorgedruckten Briefe an den Ordensbruder aus dem Predigerorden AYMERICUS DE PLACENTIA (Bruder Emmerich von Piacenza) und in der Vorrede. Die Ausgaben führen meist den Titel: *Opus ruralium commodorum*, einige (so die alte Ausgabe ohne Ort und Jahr, fol., mit Abbildungen) auch den Titel: *In commodum ruralium libri XII*, der aber nirgend gerechtfertigt wird, wenn er gleich aus Handschriften herrühren mag.

Dieses Werk, das für die Kritik der alten *Scriptores rei rusticae* nicht unwichtig, jedenfalls aber für die Geschichte der Landwirthschaft, des Wein- und Gartenbaues, so wie der Pferdezucht und Jagd von hoher Bedeutung ist, war dem Könige Karl dem II. von Sicilien und Jerusalem gewidmet und ist in zwölf Bücher getheilt.

Dass das Buch nicht in altitalienischer Sprache geschrieben und aus dieser erst später in die lateinische übersetzt worden ist, wie Bembo, Götz, Fontanini u. Andere geglaubt haben, sondern dass es ursprünglich lateinisch geschrieben wurde, erwies schon nach sorgfältiger Untersuchung die Accademia della Crusca, wie Apostolo Zeno in seinen Anmerkungen zu Fontanini ausführlich berichtet (*Giusto Fontanini biblioteca dell' eloquenza italiana, tom. II. pag.* 333). Auch Fabricius nahm den Petrus de Crescentiis unter die Schriftsteller der spätern Latinität auf (*Fabric. bibl. lat. med. et infimae aetatis, tom. I. pag.* 1221). Uebrigens erschien die erste italienische Uebersetzung *Firenze*, 1478. fol., 15. Juli.

Das 1. Buch handelt von den Wohnungen, von Luft, Wasser, Grund und Boden, von Brunnen, Wasserleitungen, Cisternen, von Bauten überhaupt, von den Eigenschaften eines guten Landwirthes, vom Kauf des Ackers. Das 2. Buch: von den Pflanzen, ihren Eigenschaften, ihren Theilen, ihrem Wachsthum und Gedeihen überhaupt, von der Düngung, Pflanzung und von dem Schutze der Pflanzungen. Das 3. Buch handelt vom Feldbau überhaupt und einzeln von den dazu geeigneten Pflanzen (*avena, cicer, cicercula, canabus, framentum, faba, far, faseolus, lenticula, lupinus, linum, ordeum, milica, milium, panicum, pisum, spella, siligo, vicia*) und dem Unkraut *gith* und *lolium*, deren letzterer Arzneikräfte angegeben werden. Das 4. Buch handelt vom Weinbau, von der Kelter- und Kellerwirthschaft, von Most und Essig. Das 5. Buch: von Bäumen im Allgemeinen, Beschreibung der einzelnen, zuerst der fruchttragenden, dann der andern; unter den ersteren begegnet man auch der Palme und dem Pfeffer. Das 6. Buch: von den Nutzgärten (*orti*) und den

zur Nahrung und Arznei geeigneten Pflanzen, deren hundert und einige dreissig beschrieben
werden. Das 7. Buch: von der Wiesen- und Waldcultur. Das 8. Buch: von Ziergärten
(*viridarii*) und Zierpflanzen. Das 9. Buch: von landwirthschaftlichen Thieren, am ausführ-
lichsten von den Pferden, ihrer Zucht und ihren Krankheiten, dann von anderen landwirthschaftlichen Thieren, auch den dahin gehörigen Fischen und Vögeln, zuletzt von den
Bienen, überall mit Zucht und Behandlung der Thiere. Das 10. Buch handelt von der
Falkenzucht, vom lebendigen Einfangen wilder Thiere, vom Vogelfang und Fischfang.
Das 11. Buch ist eine übersichtliche Wiederholung des Ganzen. Das 12. Buch ein Kalender
der landwirthschaftlichen Arbeiten nach den zwölf Monaten, von welchen der Januar beginnt.
Vgl. C. *Sprengel histor. rei herbar* I. 281, deutsche Ausg. I. 235; Th. Grässe Lehrbuch
der Literärgeschichte 2. Bd. 2. Abth. S. 571.

Der lateinischen Ausgaben und der Uebersetzungen ins Italienische, Französische,
Englische und Deutsche sind viele; mehrere derselben haben Holzschnitte, theils genre-
artige Darstellungen landwirthschaftlicher Arbeiten, theils Abbildungen einzelner Pflanzen
und Thiere.

Folgenden älteren lateinischen Ausgaben fehlen die Abbildungen gänzlich:

**Augsburg** 1471. fol., bei Jo. Schussler (Schüssler), 14. *calend. Mart.*, nach einer ziemlich guten
Handschrift abgedruckt (*Hain n.* 5828, *Ebert n.* 5435, *E. Meyer* in botan. Zeitung 1855, Mai, S. 357).

* **Löwen** 1474. fol., bei Jo. de Westfalia, 9. Decemb., nach einer vorzüglichern Handschrift (*Hain*
n. 5829, *Ebert n.* 5436, *Meyer* a. a. O.).

* **Löwen ohne Jahr**, fol., bei Jo. de Westfalia, Abdruck der vorigen, angeblich in zwei verschiedenen Drucken vorkommend (*Hain n.* 5827, *Ebert n.* 5437, *Meyer* a. a. O.).

* **Strasburg** 1486. fol., ohne Druckernamen, *quinta feria ante festum sancti Gregorii*, nach den
Löwener Ausgaben abgedruckt (*Hain n.* 5831, *Ebert n.* 5439, *Meyer* a. a. O.).

**Basel** 1518. fol., 1538. 4., bei Heinrich Petrus, Henricpetri, nach einer schlechten Handschrift
schlecht abgedruckt, von der zweiten Ausgabe ist gewiss, dass sie keine Abbildungen hat;

eben so sind wohl die meisten italienischen und französischen Uebersetzungen ohne Abbildungen der abgehandelten Gegenstände, wenn gleich Titelbilder, Wappen u. dgl. vorkommen;
ohne Abbildungen ist namentlich die italienische * *Venezia* 1538. 8., *per Bernardino de Viano
de Lexona Vercellese*, vgl. auch Ebert n. 5440, 41, 42. Nur die mit Abbildungen
versehenen Ausgaben und Uebersetzungen sollen hier berücksichtigt werden, es sind
folgende:

* **Ohne Ort und Jahr** und ohne Angabe des Druckers, fol.

Lateinische Ausgabe. Titel Bl. 1 a: *Petri de crescentijs Ciuis Bo-|nonien(sis). in commodum ruralium
| cum figuris libri duodecim.* Bl. 2 a: *Prohemium.* | (*) *Vir ex virtute prudentie, que inter | bonum et malum
caute discernit, ha-|manus* etc. Bl. 2 b beginnt der Text mit den eingedruckten Holzschnitten, schliesst
Bl. 153 b, Col. 2: *dome | sticatis et rhetibus diuersis ac visco etc. | Gloria deo.*, dann folgt ein weisses
Blatt, hierauf vier Blatt Register mit besonderer Signatur (j—iij), auf der Stirnseite des vierten Blattes,
welches keine Signatur hat: *Finit Registrum.*, Rückseite weiss. Die Holzschnitte gehen bis mit lib. 10.
cap. 37 (Fischfang) fort, so dass die hierauf in der deutschen Ausgabe von 1493 noch folgenden 26
Holzschnitte, unter denen aber mehrere Wiederholungen sind, dieser lateinischen Ausgabe ganz fehlen.
Die Holzschnitte sind ziemlich roh, oft naiv und charakteristisch gezeichnet, mit wechselnder Stärke der
Conture, sparsamer, durchaus einfacher Schraffirung, nur in wenigen ist eine Kreuzschraffirung unvollkommen versucht worden, so lib. 3. cap. 1, später (bei *spelta*) wird das Bild wiederholt; l. 4. c. 27, l. 9.
c. 6, l. 10. c. 37. Die Abbildungen der Kräuter gleichen den kleineren und schlechteren Abbildungen
im Hortus sanitatis, oft erkennt man dieselbe Zeichnung wieder; die meisten Pflanzenabbildungen sind
aber eigenthümlich und kehren dort nicht wieder. Goth. Druck in 2 Coll., 158 Bll., 52 und 53 Zeil.,
Columnentitel, römische Blattzahl, kein Custos, Sign. A—Z, a, biiij, j—iij; Wiederholung der Augsburger Ausgabe. In der K. öffentlichen Bibliothek zu Dresden. (*Panzer annal. IV. p.* 117, *Hain n.*
5826, *Ebert n.* 5438, *Meyer* a. a. O.)

**Ohne Ort und Jahr** und ohne Angabe des Druckers, fol.

Deutsche Uebersetzung. Titel Bl. 1a: *Petrus de Crescentijs zu | teutsch mit figuren.* Bl. 2a (Sign. *a ü*) beginnt der Text, unter dem ersten Holzschnitte: *Das erste buch von er- | welen. wonung. stete. vnd von heuszern | vnd höfen* etc., schliesst Bl. 206b (Blattzahl *CCV*). Bl. 207a (Sign. *E*): *Disz ist das Register vber den Petrum | de Crescentijs* (só) etc. Bl. 211a: *Hie endet sich das Register | vber Petrum de Crescentijs.* Goth. Druck in 2 Col., 47 und 48 Zeill., 1 ungez., 205 gezählte Bll. und 5 ungezählte; mit Sign. und Blattzahl und mit 317 eingedruckten Holzschnitten. Angeblich Strasburg, b. Renatus Beck. (*Hain n.* 5833, *Ebert n.* 5443.)

\* **Ohne Ort** und Angabe des Druckers 1493. fol.; October.

Deutsche Uebersetzung. Titel Bl. 1a: *Petrus de crescentiis zu | teutsch mit figuren.* Bl. 2a (Sign. *a ü*) beginnt der Text, unter dem ersten Holzschnitte: *Das erste buch von | erwelen wone stete vnnd von husern | vnnd höfen* etc., schliesst Bl. 229b, darunter: *Hye endet sich Petrus de cres- | cenciis zü dutsche. Gedruckt vnd | volendet noch der geburt Cristi. | Mcccxciii. Des dinstags noch | sant Michels tag.* Bl. 230 weiss, Bl. 231a: *Disz ist das Register vber den Pe- | trum de Crescentiis der syn werck getey | let hat in xii. bucher* etc., schliesst Bl. 235a, Col. 2: *Hie endet sich das register vber | Petrum de Crescentiis.* Bl. 235b eine Nachschrift des Petrus d. Cr. in 36 auslaufenden Zeilen. Die Holzschnitte hören hier schon mit *lib. 9, cap.* 86 (Hahn und Hühner) auf. Sämmtliche Abbildungen sind von denselben Stöcken abgezogen, wie die zu der lateinischen Ausgabe ohne Ort und Jahr, doch kann man die deutsche von 1493 für älter halten als die genannte lateinische, in welcher die Stöcke schon etwas mehr gelitten zu haben scheinen als in der deutschen von 1493. In dieser letztern finden aber *lib.* 3, 5 und 6 Umstellungen Statt, weil in diesen drei Büchern die Naturgegenstände alphabetisch geordnet sind und sonach in der deutschen Uebersetzung die Reihefolge der deutschen Benennungen befolgt wurde. Goth. Druck in 2 Coll., 49 Zeill., 235 Bll. mit Sign. (*a—z, A—Giii;* das Register hat keine), ohne Custos und Blattzahl (*Hain n.* 5834, wo die Ausgabe für einen Strasburger Druck gehalten wird). In der Bibliothek der chirurg. medic. Akademie zu Dresden.

**Ohne Ort** 1494, ohne Angabe des Druckers, fol.

Deutsche Uebersetzung. Schlussschrift: *gedruckt vnd volendet nach der Geburt Christi M. CCCC. XCiiii.* Goth. Druck mit Abbildungen. Wahrscheinlich eine Strasburger Wiederholung der vorigen Ausgabe. (*Hain n.* 5835.)

**(Strasburg)** 1512. fol.

Deutsche Uebersetzung mit denselben Holzschnitten. (*Ebert n.* 5443.)

\* **Strasburg** 1518., gedruckt von Joann. Schott, Kosten und Verlag von Joann. Knoblauch und Paul Götz; Febr. März.

Deutsche Uebersetzung. Titel roth und schwarz: *PEtrus de Crescentiis. Von dem nutz der ding die in äckeren gebuwt werden. Vom nutz der buwleüt. Von natur, art, gebruch, vnd nutzbarkeit aller ge- wächsz, früchten, thyereren, vnd alles des der mensch gebeen, oder in dienstlicher übung haben soll;* worauf der Inhalt der zwölf Bücher folgt, unten vier Verse und die Jahrzahl 1518. Des Crescentius Vorrede auf der Rückseite des Titels, Bl. 2 bis 6a Register, vielmehr Inhalt nach den einzelnen Büchern und Capiteln; Bl. 6b ein seitengrosser Holzschnitt, die Schöpfung darstellend, unten die Erschaffung der Eva und die Vertreibung aus dem Paradise, unter dem Holzschnitt acht gedruckte Verse. Bl. I. (Sign. b) beginnt der Text, schliesst Bl. CLXIXb mit der Schlussschrift: *Gedruckt zu Straszburg durch Joannem Schott, in verleg vnd expensz der fürsichtigen Joannis knoblauch, vnnd Pauli Götz, vnd vollendt am freytag vor Inuocauit. Anno Christi. M. CCCCC. Xviij. jar.* Goth. Druck in 2 Coll., 6 und 169 Bll., Sign. *a—z, A—Füij.* In den zahlreichen Holzschnitten, die immer ⅓ der Columne einnehmen und bis in *lib.* 11, *cap.* 1 fortgehen, sind die Genrebilder, Darstellung landwirthschaftlicher Arbeiten, zwar mit mehr Schraffirung ausgeführt als in der Uebersetzung von 1493, aber weit weniger naiv und charakteristisch gezeichnet; die Abbildungen der Kräuter sind gegen die von 1493 entschieden schlechter an Zeichnung und Schnitt, willkürlich dargestellt und oft ganz aus der Phantasie genommen; auch sind sie nicht immer gehörig zu ihren Artikeln gestellt, so dass oft eine ganz andere Pflanze abgebildet wird, als von der im Texte die Rede ist; viele derselben sind aus den schlechteren Strasburger Ausgaben des Hortus sanitatis. Im Ganzen sieht man an den Abbildungen, dass hier weniger aus Liebe zur Sache als auf den Verkauf gearbeitet wurde, man muss in Bezug auf sämmtliche Abbildungen durchaus der Uebersetzung von 1493 den Vorzug geben, wie denn viele der in dieser enthaltenen Genrebilder in der von 1518 gänzlich fehlen und durch unpassende Wiederholungen ersetzt werden. (*Ebert n.* 5443.)

**Strasburg** 1531. fol., gedruckt durch Hans Knoblauch den jüngern.

Deutsche Uebersetzung mit Holzschnitten, s. Herm. Heinr. Lüder Briefe zum Küchengartenbau 3. Thl. 2. Aufl. 8. 390. Titel: *Petri von Crescentiis vom Ackerbau, Erdwucher und Bauleuten, von Natur, Art, Gebrauch und Nutzbarkeit aller Gewächs, Früchten, Thieren, sammt allen dem so den Menschen dienstlich in Speisz und Arzeneyung. Inhalt 12 Bücher* etc.

**Basel** 1548. fol., bei Heinrich Petrus, Henric Petri.

Lateinische Ausgabe mit kleineren, sauber ausgeführten Holzschnitten, die Pflanzen oft sehr kenntlich dargestellt. Titel: *Tractatus de omnibus agriculturae partibus et de plantarum animaliumque natura et utilitate ll. xii.* (*Meyer* a. a. O.)

**Frankfurt a. M.** 1583, fol., bei Peter Schmidt.

Deutsche Uebersetzung. Titel: *Petri von Crescentiis new Feldt- und Ackerbau* etc. Soll sehr von dem bekannten Texte abweichen. Mit Holzschnitten.

**Strasburg** 1602. fol., bei Zetzner.

Deutsche Uebersetzung. Titel: *Petri von Crescentiis XV Bücher vom Feld- und Ackerbau.* Mit Holzschnitten.

# Bernhard von Breydenbach, Reisewerk.

Die Reisen oder Wallfahrten des Kämmerers bei dem Erzbischoffe Berthold von Mainz, später zugleich Decans des dasigen Erzstiftes, BERNHARD VON BREYDENBACH, geschahen in zwei Abtheilungen, von denen die erste am 25. April 1483 von Oppenheim ausging und in Jerusalem endete, die zweite aber von diesem Orte am 24. August 1484 anhob und nach dem Sinai und St. Katharina ging. Von beiden Reisen zurückkehrend kam man am 8. Januar 1485 in Venedig an.

Mit Breydenbach waren auf beiden Reisen vereinigt: Hans Graf von Solms, Herr zu Mintzenberg (Myntzenberg), Philipp von Bicken *strenuus miles*, der Maler Erhard Rewich von Utrecht, die Barone Maximinus von Roppensteyn (Smasmus de Roppellsteyn, Herr zu Hoinecke, Hohenecke), Vernandus de Mernawe (Mernauwe), die Ritter Caspar von Bulach, Georg Marx, Nicolaus major de Kurt (Unkürt, in Kurt, ynkürth). Mit denselben Reisenden vereinigt waren zu der zweiten Reise, also zu der nach dem Sinai und St. Katharina noch die Minoriten Paul und Thomas *multarum linguarum periti*, die Ritter Heinrich von Schawenberg (Schawenberck), Caspar von Sienli (Syenlyn), Sigismund von Marszbach und Peter Velsch, der siebenbürgische Archidiakon und Canonicus Johannes Lazinus, der Mönch vom Predigerorden und sacrae paginae lector zu Ulm Felix Fabri. Graf Solms starb auf der Rückreise in Alexandria und ward dort in der Kirche St. Michael beigesetzt.

Die Reisen verfolgten zunächst religiöse und ethnographische Zwecke und das Reisewerk ist in seinen älteren Ausgaben insbesondere durch seine Abbildungen wichtig. Der von Breydenbach mitgenommene Maler Erhard oder Erhart Rewich von Utrecht war der Zeichner derselben und seine Aufgabe wird von Breydenbach selbst also bezeichnet:

*Huius rei gratia ingeniosum et eruditum pictorem Erhardum scz (scilicet oder sic dictum) rewich de traiecto inferiori opere pretium duxi mecum assumere vti et feci. qui a veneciano portu et deinceps potiorum ciuitatum. quibus terre pelagique transitum applicare oportet. praesertim sacrorum in terra sancta locorum dispositiones. situs et figuras quoad magis proprie fieri posset. artificiose effigiaret. transferretque in cartam opus viu pulcrum et delectabile. cui declaratorias notulas. uel latinas. vel vulgares feci per quendam alium doctum virum ad votum meum apponi. Quod quidem perfectum opus. impressorie artis adminiculo cunctis habere volentibus communicandum.*

So steht die Stelle in der ersten, von demselben Erhard Rewich zu Mainz gedruckten lateinischen Ausgabe, welche der Schlussschrift nach am 11. Februar 1486 beendet wurde. (*Ebert* n. 2973, *Hain* n. 3956). Erhard nennt sich in der Schlussschrift *Erhardus Reuwich de Traiecto inferiori*. In der deutschen von demselben Rewich besorgten Ausgabe, welche zu Mainz am 21. Juni 1486 vollendet wurde (*Ebert* n. 2974, *Hain* n. 3959) ist in obiger Stelle der Name Rewich's nicht genannt, sie lautet:

*auch eyn guten maler zu mir genommen. der die namhafftige stett vff wasser vnd land ab entwürffe. vnd furnemlichen die heyligen stett vmb Jerusalem eygentlichen ab malet. do mit disz nachgende buch sollich reysz beschribende lustlicher wurde so esz zu vermasst durch geschrifft vnd zu gesicht durch figuren wurde dyenen. als man das hyenach vindet mit grossem flysz vorhyn wolgestrafft. getrucket geschaffet werden. do mit esz dester gemeyner würde.*

Dass aber Rewich nicht nur die Reise nach Jerusalem, sondern auch die von da nach dem Sinai und dem Katharinenberge mitmachte, wird im Eingange dieser letzten Reise ausdrücklich gesagt und in dem zweiten Theile des Buches eben sowohl in der lateinischen als in der deutschen Ausgabe dessen Namen genannt:

*Cum hijs erat inter ceteros eorum familiares pictor ille artificiosus et subtilis Erhardus rewich de Traiecto inferiori qui omnia loca in hoc opere depicta docta manu effigiauit*

und deutsch:

*By dissen herrn vnd andern yren knechten was der maler Erhart Rewich geheyssen von Vttricht geboren der all diaz gemelt yn disem buch hatt gemalet. vnd die truckery yn zynem husz volfuret.*

Den lateinischen Text liess Breydenbach nach seinen Notizen durch den Heidelberger Rector MARTIN ROTH abfassen und zwar bereits im Jahr 1485; der deutsche Text, den vielleicht derselbe Roth oder auch der Maler Rewich abfasste, wurde später, nämlich im Jahr 1486 geschrieben, beide erst in diesem letztern Jahre gedruckt, der Druck des lateinischen am 11. Februar, der des deutschen am 21. Juni beendet. (*Fabri evagatorium, Vol. II. p.* 18.)

Die Holzschnitte in diesem Werke sind meistens grosse und vielfach zusammengebrochene, daher in den vorhandenen Exemplaren oft beschädigte Prospecte von Städten, einige ethnographische Abbildungen von Costumen, einige Alphabete und ein grosses Titelbild: eine stehende weibliche Figur mit dem Breydenbach'schen, Solms'schen und Bicken'schen Wappen zu ihren Füssen; die Zeichnungen (vielleicht sämmtlich von Rewich) sind sehr lobenswerth; der Holzschneider, wenn es nicht Rewich selbst ist, ist unbekannt. In *John Jackson (and W. A. Chatto) treatise on wood engraving, London* 1839. 8. werden eine ausführliche Notiz des Werkes und einige verkleinerte Proben seiner Bilder gegeben, auch behauptet, dass in den Ausgaben von 1486 Kreuzschraffirungen zuerst vorkommen (S. 253), welche man früher zuerst in Hartmann Schedel's Chronik von 1493 hatte finden wollen (S. 251 und Heller Geschichte der Holzschneidekunst, Bamberg 1823. 8., S. 72). Vgl. auch C. F. v. Rumohr zur Geschichte und Theorie der Formschneidekunst S. 77 fg.

In der deutschen Ausgabe ist auf dem Rücken des Prospectus von Palästina ein Holzschnitt in Folio abgedruckt mit der Typen-Unterschrift: *Hec animalia sunt veraciter depicta sicut vidimus in terra sancta*, darüber abgebildet 8 Thiere: eine Giraffe (vielleicht die älteste Abbildung dieses Thieres), ein Krokodill, zwei Ziegen mit langen Hängeohren, ein Einhorn, ein gesatteltes Kameel, welches ein grosser, aufrecht gehender weiblicher Affe an der Leine führt, ein Salamander; die lateinischen Namen stehen in Holz geschnitten dabei, bei der Giraffe *Seraffa*, bei dem Krokodill *Cocodrillus*, bei den Ziegen *Capre de India*, dann *Vnicornus, Camelus, Salemandra*, bei dem Affen: *Non constat de nomine.* Diese Thiere sind ziemlich gut und lebendig und was den Habitus anlangt, selbst naturgemäss gezeichnet, am wenigsten der Salamander und das Krokodill, das fabelhafte Einhorn ist ein Pferd mit dem langen, geraden, um seine Axe gewundenen spitzen Horne in der Mitte der Stirn; der Schnitt steht den übrigen Holzschnitten im Buche nicht nach, ist jedoch in feineren Linien ausgeführt; er hat Schraffirung, an einzelnen Stellen selbst Kreuzschraffirungen. Diese acht Thiere sind die einzigen Naturkörper, die im Buche vorkommen und sie erscheinen in dem deutschen sowohl als in dem lateinischen Hortus sanitatis (Garten der Gesundheit) nicht wieder, auch sind sie von ungleich besserer Zeichnung und ungleich besserem Schnitte, als alle im Hortus abgebildeten Thiere; derselbe Zeichner und Holzschneider kann die in beiden Werken vorkommenden Bilder nicht gefertigt haben. Schon wegen dieser ganz offenbaren Verschiedenheit der Bilder kann die von Schaab

(Geschichte der Erfindung der Buchdruckerkunst I. 528) und von Kloss und Stricker (in Henschel's Janus I. 779) geäusserte Vermuthung nicht richtig sein, dass Breydenbach selbst den deutschen Hortus sanitatis veranstaltet habe, ganz abgesehen davon, dass Breydenbach auf Naturkörper in der ganzen Reise keine besondere Rücksicht nimmt und keines naturkundigen Begleiters in dem Reisewerke gedacht wird. Auch spricht der Verfasser in der Vorrede zu den deutschen Ausgaben des Hortus davon, dass er zu seiner Seelen Heil eine Reise nach dem heiligen Grabe und nach dem Berge Sinai gemacht und einen Maler mitgenommen habe, um alle Kräuter, die in den durchreisten Gegenden wachsen, in rechter Farbe und Gestalt zu conterfeien und zu entwerfen, also war dieser Reisende nicht Breydenbach, der zwar auch einen Maler auf eigene Kosten mitnahm, aber nur zum Zeichnen von Prospecten und Trachten; nicht zum Zeichnen von Naturkörpern.

Dieser Maler war Rewich, was in Mainz, wohin Breydenbach im Jahr 1484 zurückkehrte und wo der Hortus bereits 1485, also vor dem Erscheinen der Breydenbach'schen Reise gedruckt wurde, jedenfalls bekannt sein musste, daher die Verschweigung seines Namens nicht rathsam gewesen wäre. Zudem landete Breydenbach auf seiner Rückkehr bereits am 8. Januar 1484 zu Venedig und kam doch jedenfalls erst mehrere Wochen später nach Mainz, liess den Reisebericht lateinisch und später auch deutsch abfassen und beschäftigte sich zu dieser Zeit gewiss nicht mit Abfassung eines naturhistorisch-medicinischen Werkes, da diese Wissenschaften ihm ganz fern lagen. Auch ist kaum denkbar, dass er dieses Werk würde haben früher erscheinen lassen, als sein eigenes ihm gewiss mehr am Herzen liegendes Reisewerk. Dennoch aber erschien der umfängliche deutsche Hortus mit 369 Holzschnitten schon am 28. März 1485 zu Mainz, während das Breydenbach'sche Reisewerk erst im Jahre 1486 ebenfalls zu Mainz erschien, ohne dass im Geringsten darin eine Erwähnung des Hortus oder gar einer Beziehung zu demselben gemacht wird. Hierin ändert nichts, dass in den lateinischen Ausgaben des Hortus (1491 fg.) die Vorrede des deutschen dahin vervollständigt ist, dass ein *nobilis quidam dominus*, der nach Jerusalem und Sinai gereiset sei, das Werk veranlasst habe, wenn man dabei vernimmt, dass derselbe *de herbis, animalibus, lapidibus ceterisque ad confectionem medicinarum necessariis et propter raritatem incognitis magnam accepit experientiam, earum virtutem describens ac earum similitudines sublineamentis convenientibus certisque coloribus effigiare percuravit,* Dinge, um welche sich Breydenbach gar nicht gekümmert hat. Ja dieser sagt am Schlusse seines Reisewerkes selbst: *facile quisque peritum medicum potest habere consultum qui has voluerit subire peregrinationes, super hijs rebus quas sibi inter peregrinandum necessarias arbitrabitur. Ideo de eis supersedere quam quidpiam scribere maxime quod me non satis deceat malo.* Man kann aber doch Pritzel'n darin nicht Recht geben, dass Breydenbach's Name mit dem Hortus in gar keine Beziehung gebracht werden könne, denn jener Zusatz, den nur die lateinischen Ausgaben des Hortus haben, kann allerdings Buchhändlerspeculation sein, um das Werk mit der damals berühmten und stark gelesenen Breydenbach'schen Reise in Verbindung zu bringen, kann aber auch die Wahrheit enthalten, dass Einer der adeligen Begleiter Breydenbachs den deutschen Hortus veranstaltete, sich in demselben jedoch nicht als Edelmann bezeichnete, sich überhaupt gar nicht nannte. Der lateinische Hortus, der auf dem deutschen fusste und die Vorrede so ziemlich übersetzte, supplirt nun diese Bezeichnung, da das Verhältniss in Mainz bekannt sein musste. Hierzu kommt noch, dass Rewich das Reisewerk entweder mit Schöffer'schen Lettern druckte oder mit selbst erfundenen, die er später an Schöffer abgab, die erste Ausgabe des deutschen Hortus aber in der Officin des Peter Schöffer zu Mainz erschien.

Vgl. Moser über die drei ersten Ausgaben von Breydenbachs Reise, im Serapeum 1842, S. 56 fg., 65 fg., 81 fg.; 1843, S. 270.

Pritzel in Mohl und Schlechtendal's botan. Zeitung 1846, S. 785 fg.

Einer der Begleiter Breydenbach's auf der Reise von Jerusalem nach dem Berge Sinai und St. Katharina war der Predigermönch F e l i x F a b r i aus einem Kloster zu Ulm, wo er das Amt eines Lectors bekleidete. Er war schon früher einmal im J. 1480 in Palästina gewesen, doch nur auf kurze Zeit und schloss sich um so lieber einer Reise nach Jerusalem an, welche die Edelleute Johann Wernher von Cymbern, Heinrich von Stöffel, Johannes Truchsess von Waldpurg und Ber von Rechberg, Edler von Hohenrechberg unternahmen; von Jerusalem aus trat er zu der Breydenbach'schen Gesellschaft für die Reise nach dem Sinai und St. Katharina.

Sein Tagebuch zeigt den zwar bei allen religiösen Gegenständen in mönchischen Vorurtheilen befangenen, aber doch ungewöhnlich belesenen und unterrichteten, freisinnig denkenden und wahrhaft von Frömmigkeit beseelten Mann mit eigenthümlichem Triebe zum Wandern und Sehen und unruhigem strebenden Geiste, der sich bald geduldig, bald tapfer in die verschiedensten Lagen zu schicken weiss und überall gern gesehen wird. Daher ist dieser Bericht, da dessen Verfasser mehr mit eigenen Augen gesehen, unterhaltender und belehrender, als der von Breydenbach gegebene, obgleich ihm alle Abbildungen fehlen.

Von einem Mitreisenden, welcher besonders auf Arzneipflanzen und andere Naturkörper sein Augenmerk gerichtet und diese untersucht und beschrieben hätte, wird auch hier nichts erwähnt; des Malers Rewich wird gedacht, als: *Erhardus quidam socius armiger et servus comitis (de Solms)*, ohne dass dessen Eigenschaft als Maler oder dessen Thätigkeit als solcher je gedacht wird.

Des Fabri Reisebericht wurde nach einer zu Ulm aufbewahrten Handschrift des Verfassers auf Kosten des literarischen Vereins zu Stuttgart herausgegeben:

**Stuttgardiae**, *sumptib. societatis litterariae*, 1843, 1849. 8.

Drei Bände, Bd. 2, 3 und 18 der „Bibliothek des literarischen Vereins in Stuttgart", unter dem Titel: *Fratris Felicis Fabri evagatorium in terrae sanctas, Arabiae et Egypti peregrinationem edidit Cunradus Dietericus Hassler gymnasii regii Ulmani professor. Tom. I. II. Stuttg.* 1843, *Tom. III. Stuttg.* 1849. Ohne Abbildungen.

Von Breydenbach's Reisebericht, der doch nicht zu den naturkundigen oder ärztlichen Schriften zu rechnen ist, ja von diesen Wissenschaften wenig oder nichts enthält, führen wir hier nur die wichtigsten und sichersten Ausgaben an und mit kürzerer Beschreibung als bei den früheren drei Werken.

## Ausgaben.

### a. lateinische:

* **Mainz** 1486. f., bei Erhard Rewich von Utrecht, 21. Februar.

Bl. 1a weiss, Bl. 1b seitengrosser Holzschnitt, stehende Frau mit dem Breydenbach'schen, Solms'schen und Bicken'schen Wappen. Schlussschrift: *Sanctarum peregrinationum in montem Syon ad venerandum xpi se | pulcrum in Jerusalem. atque in montem Synai ad diuam virginem et matirem | Katherinam opusculum hoc contentiuum per Erhardum reilwich de Traiecto | inferiori impressum In ciuitate Moguntina Anno salutis. M. cccc. | lxxxvj. die. xj. Februarij Finit feliter* (feliciter). Gothisch, ohne Sign., Custos und Seitenzahl, 42 und 44 Zeil. Mit vielen eingelegten und eingedruckten Holzschnitten. *(Ebert 2973, Hain n. 3956.)*

**Speier** 1490. f., bei Peter Drach, 29. Juli.

Bl. 1b derselbe Holzschnitt. Schlussschrift: *Sanctarum peregrinationum — christi sepulchrum | in Hierusalem. — martyrem Katherinam o- | pusculum hoc contentiuum per Petrum drach ciuem Spirensem impressum Anno salu- | tis nostre. M. cccc. xc. die. xxix. Julij. finit feliciter.* Gothisch, mit Sign., 51 und 52 Zeil. Mit Holzschnitten. *(Hain n. 3957.)* — Wiederholt: Ebendaselbst 1502. f., 24. November.

**Wittenberg** 1536. 8.

*(Ebert n. 2973 not.)*

### b. deutsche:

\* **Mainz** 1486. f., bei Erhard Rewich, 21. Juni.

Bl. 1 b derselbe Holzschnitt. Schlussschrift: *Dises werck ynnhaltende die heyligen reyszen gen Jherusalem zu | dem heiligen grab rnd furbasz zu der hochgelobten jungfrauwen rnd | mertreryn sant Katheryn durch Erhart rewich von Vttricht ynn der | statt Meyntz getrucket Ym jar rnsers heylsz. tusent. vierhundert. rnd | lxxxrj. yn dem. xxj. tag desz Brachmonedts.* Endet sich *seliglichen.* Goth. ohne Sign., Custos und Seitenzahl, 41 und 42 Zeil. Mit Holzschnitten. *(Ebert 2974, Hain n. 3959.)* Soll Mainz 1491. f. wiederholt sein.

**Augsburg** 1488. f., bei Anton Sorg, 22. April, Tag vor St. Georg.

Bl. 1 a Titel: *Die fart oder reysz vber mere | zu dem heyligen grab rnsers her | ren Jhesu cristi gen Jherusalem | Auch zu der heyligen iunckfra | wen sant Katherinen grab auf | dem berg Synai.* Schlussschrift: *Dises buch jnnhaltende die heiligen raisen gen Jherusalem | zu dem heiligen grab rnd furbasz zu der hochgelobten junckfrawen rnd martrerin sant Katherinen durch Anthonio | Sorgen jnn der keyserlichen statt Augspurg getrucket. | Jm jar rnsers hailsz. Tausent vierhundert rnd lxxxriij | Am abend Jeorij des heiligen martrers Enndet sich | hye seligklichen.* Goth. mit Sign. 36 Zeil. Mit Holzschnitten. *(Hain n. 3960.)*

**Ohne Ort und Jahr,** f.

Bl. 1 a: *Dis buch ist innhaltend die heiligen reysen | gen Jherusalem* etc. Schlussschrift: *Ere sey gott in der hohe.* Goth. mit Sign., 48 Zeil. Mit Holzschnitten. *(Hain n. 3958.)*

### c. französische:

**Ohne Ort** 1489. fol., (Lyon) 18. Februar.

*Traduit du latin par Frere Jean de Hersin.* Schlussschrift: *Imprimes le xviij jour de frenier Lan mil CCCCLXXXIX. (Hain n. 3961.)*

**Lyon** 1488. f., bei de Pymont und Heremberg.

Bearbeitung von **Nicolas le Huen**, gedruckt bei *Michel et Topie de Pymont et Jac. Heremberg (Heremberik),* goth. mit Sign. Die Abbildungen werden von manchen für Kupferstiche, von anderen für Holzschnitte gehalten *(Ebert n. 2975).* — Wiederholt *Paris* 1517. f. und 1522. 4.

### d. spanische:

**Saragossa** 1498, f., auf Kosten von Paul Hurus, 16. Januar.

Schlussschrift: *Fue la presente obra a costas y espensas de Paulo hurus aleman de Constancia romançada y con mucha diligencia imprimada En la muy Insigne y noble ciudad de çaragoça de Aragon. Acabada a XVI. dias de Enero. En el anno del nuestra salud. Mil. CCCCXCVIII. (Hain n. 3965, Serapeum* 1842, S. 57.)

### e. plattdeutsche:

**Mainz** 1488. fol., 24. Mai.

Schlussschrift: *Dit werck inhoudende die heylighe bruarden tot dat heylighe graffl in iherusalem. en van daen totten berch Sinai tot die heilige maghet en martelarisse Sante Katherin ghedruet doir meister Eerhaert rewich von utrecht in die Stadt von Mentzs Int jaer ons heeren M. CCCC. ocht ende tachtich. opten XXIIII. dach in Meye. Endet salichlicken.* Ohne Custos und Seitenzahl. *(Hain n. 3963.)*

Die belgischen Ausgaben, welche Hain n. 3962 und 3964 anführt unter dem Titel: *Dat boeck van den pelgrim oder pelgherim. Haarlem* 1486. (20. August) fol. und *Delft* 1498. 4. (7. April) enthalten wohl nicht die Breydenbach'sche Reise.

Mit den drei ersten der vier jetzt ausführlich historisch und bibliographisch betrachteten Werke war der Anfang einer beschreibenden Naturgeschichte der organischen Reiche gegeben, zugleich sind aber in diesen Werken, wie nicht minder in dem vierten, die ersten Versuche naturhistorischer Abbildungen enthalten, die frühesten von allen, die wir durch den Holzschnitt vervielfältigt überhaupt jetzt noch besitzen. Von diesen sind die im Buch der Natur gegebenen die ältesten, dann folgen die im Herbarius Moguntinus enthaltenen, hierauf die im Breydenbach'schen Reisewerke befindlichen Abbildungen von Thieren und endlich die einer lateinischen Ausgabe und einigen Uebersetzungen des Petrus de Crescentiis beigegebenen. Vgl. hierüber die lehrreiche Schrift: L. C. Treviranus, die Anwendung des Holzschnittes zur bildlichen Darstellung von Pflanzen. Leipzig (Rud. Weigel) 1855. gr. 8., VIII. und 72 SS.

Nach der Zeit ihrer Abfassung ordnen sich diese Werke so, dass das älteste von allen Petrus de Crescentiis ist, nämlich aus dem Anfange des XIV. Jahrhunderts, hierauf das Buch der Natur aus der Mitte desselben Jahrhunderts, dann der Herbarius Moguntinus und Breydenbach's Reisewerk folgt, beide aus dem neunten Decennium des XV. Jahrhunderts.

Von diesen vier Werken sind wenigstens drei rein deutschen Ursprunges: das Buch der Natur nämlich, der Herbarius Moguntinus und Breydenbach's Reisewerk, ausländisch allerdings Petrus de Crescentiis, aber die hier beschriebene älteste deutsche Uebersetzung desselben wird eben so wie die drei andern Werke für Forschungen über deutsche Sprache, Sitte und Literatur bedeutsam und ergiebig sein, namentlich auch für Provincialausdrücke und Dialectverschiedenheit.

Ein viertes, ebenfalls rein deutsches Werk aus dem Ende des XV. Jahrhunderts, der *Garten der Gesundheit, Hortus* oder *Ortus sanitatis*, würde hier sich anzuschliessen gehabt haben, wenn nicht die historischen und bibliographischen Forschungen über dasselbe so umfänglich wären, dass sie den Raum dieser Festschrift bedeutend überschritten haben würden, sie sollen aber in einem, den ältesten naturhistorischen und medicinischen Abbildungen besonders gewidmeten Werke ihren Platz finden, welches der Verfasser dieser Schrift demnächst zu veröffentlichen beabsichtigt. Hier sei nur bemerkt, dass der Garten der Gesundheit zuerst deutsch Mainz 1485. fol. erschien und arzneiliche Pflanzen nebst einigen Thieren und Mineralien in 435 Capiteln behandelt, dass bald darauf aber ein lateinisches Werk unter dem Titel *Ortus sanitatis* durch ihn veranlasst wurde, welches zuerst Mainz 1491. fol. erschien und das man ganz unrichtig eine Uebersetzung des deutschen genannt hat; es ist vielmehr eine allgemeine Naturgeschichte, welche in 1066 Capiteln die Pflanzen, Landthiere, Luftthiere, Wasserthiere und Mineralien in fünf Bücher vertheilt abhandelt, wobei der ärztliche Zweck sehr untergeordnet erscheint und die allgemeine

Kenntniss der Naturkörper Hauptsache ist. Vielfach ist es mit dem Herbarius Moguntinus verwechselt worden, da mehrere Ausgaben des deutschen und lateinischen Hortus allerdings zugleich den Titel *Herbarius* führen; deshalb ist seine Bibliographie bis jetzt eine sehr verworrene und irrthümliche, wie denn auch der Name, den man gewöhnlich seinem Verfasser giebt, Johannes de Cuba, auf sehr unsicherer Grundlage ruht und wahrscheinlich falsch ist. Für die historische Beurtheilung des Hortus sanitatis giebt einestheils der Herbarius Moguntinus, anderntheils aber das Breydenbach'sche Reisewerk die wichtigsten Anhaltepuncte zur Hand.

Es sind aber die hier behandelten vier Werke bis jetzt ebenfalls nur sehr ungenau beschrieben und über sie vielfache Irrthümer in den historischen und literarischen Handbüchern niedergelegt und fortgepflanzt worden, welche nur durch eigene Anschauung mehrerer Ausgaben derselben berichtigt werden konnten. Eine solche Anschauung ist bei der grossen Seltenheit dieser Drucke nicht oft möglich und dem Verfasser dieser Schrift nur durch die reichen Bibliotheken von Dresden und Leipzig, so wie durch die Gefälligkeit auswärtiger Freunde vergönnt gewesen. Auf diese Grundlagen hin ist hier versucht worden, eine derartige Geschichte und Bibliographie dieser Werke zu geben, welche als zuverlässige Grundlage der verschiedensten Forschungen dienen könne und war es eben deshalb nothwendig, theils das Selbstgesehene als solches überall zu bezeichnen, wie bei den zur Hand gewesenen Ausgaben durch ein vorgesetztes Sternchen (*) geschehen ist, theils die erforderlichen Nachweisungen über das zu geben, was von Andern bereits dafür geleistet worden ist; es sind daher folgende Schriften durch Abkürzungen citirt worden:

| | |
|---|---|
| *Bibl. Rivin.* | Bibliotheca Riviniana. Lips. 1727. 8. |
| *Trew catal. II.* | Christoph. Jacob. Trew herbarium Blackwellianum emendatum et auctum. Norimb. 1750 sq. fol. (Prolegomena ad Tom. I., catalogus II.: operum botanicorum a Germanis ab artis typographicae inventione ad annum MDL usque compositorum typisque excusorum etc.) |
| *Haller bibl. botan.* | Albert von Haller bibliotheca botanica. Tiguri 1771. 1772. 4. Tom. I. II. |
| *Panzer deutsche Ann.* | Georg Wolfgang Panzer Annalen der ältern deutschen Literatur. Nürnberg 1788 fg. 4. Bd. I. II. Zusätze zum ersten Bande. Nürnberg 1802. 4. |
| *Panzer annal. typ.* | —— —— annales typographici ab artis inventae origine ad annum MDXXXVI. Norimb. 1793 sq. 4. Tom I. — XI. |
| *Ebert.* | Friedr. Adolf Ebert allgemeines bibliographisches Lexikon. Leipz. 1821. 1830. 4. Bd. I. II. |
| *Hain.* | Ludov. Hain repertorium bibliographicum. Stuttgart. et Tubing. 1826 — 1838. 8. Vol. I. II. |
| *Serapeum.* | Robert Naumann Serapeum. Zeitschrift für Bibliothekswissenschaft, Handschriftenkunde und ältere Literatur. Leipz. 1840 fg. 8. |
| *Janus.* | A. W. E. Th. Henschel Janus. Zeitschrift für Geschichte und Literatur der Medicin. Breslau 1846 fg. 8. |
| *Pritzel.* | Georg Aug. Pritzel thesaurus literaturae botanicae omnium gentium inde a rerum botanicarum initiis ad nostra usque tempora. Lips. 1851. 4. |

Dresden, Druck von E. Blochmann & Sohn.